新 潮 文 庫

春のこわいもの

川上未映子著

新 潮 社 版

12046

——ねえ転入生
なぜいつもそう　雰囲気が深刻なんです
まるで世界がきょうでおしまいみたいに
——きょうはあしたの前日だから……だからこわくて
しかたないんですわ

大島弓子『バナナブレッドのプディング』

目次

青かける青　9
あなたの鼻がもう少し高ければ　19
花瓶　69
淋しくなったら電話をかけて　81
ブルー・インク　103
娘について　143

春のこわいもの

青かける青

きみにこうして何かを書くのはずいぶん久しぶりのことで、でも、考えてみると文章を書くことじたいがとても久しぶりのことで、どんなふうに書けばいいのか、すこし、緊張しています。今は夜です。外灯の光を受けたカーテンがぼんやり白く浮かんで、誘導灯のグリーンの四角が、暗く光っています。卓上の小さな灯りをこっそりつけて、こうしてきみに書いています。

わたしが入院してから一ヶ月がたちました。頭痛も減ってきて、ずいぶんらくになりました。このあいだ先生が言っていたのですが、もしわたしが二十年くらい早く生まれていたら、わたしのこの症状には病名はなくて、ただの怠け病として、治療を受けることもできなかったそうです。もしそうだったら、どうなっていたんだろうな、と考えます。朝起きたときから一日じゅう頭が痛くて、めまいもすごかったんだけど、そういうのって外から見えないものね。

完治するかしないかは人によるので、様子をみながら付きあっていくというのが、この病気の性格だそうです。だから、退院して少しずつバランスをとっていくという選択肢もあるのですが、具体的な予定はまだ立っていません。でも、母も父も、わたしにできるだけ長く病院にいてもらいたいようです。もちろん直接には言わないけれど。でも今は、感染症で面会じたいができなくなったので、あっちは気が楽になったかもしれません（お互いに？）。でも、ふたりの気持ちもわかります。自分の娘がよくわからない理由で、せっかく入《はい》れた大学に行けなくなって、ずうっとベッドのなかにいて、どこにも出かけず、何もせず、暗い顔をして頭が痛いとかめまいがするとか、そんなことばかり言っているのをみていたら、誰でも気が滅入《めい》るよね。わたしの場合も、長いあいだ原因がわからなかったから、もし精神的なものだったらどうしようとか人の目が気になるとか、そういうことも考えていたはずで、ちゃんとした体の病気ということがわかって、ほっとしたんじゃないかな、と思います。

ここは安全で、静かで、用がなければ誰もわたしに話しかけてきません。面倒な検査もありません。手術は思っていたより痛かったけれど、そのほかは毎日が規則正しくて、まるではしっこのない方眼紙でも見つめているような、そんな毎日です。

時間も、なんだか少し面白いです。時間というのは、わたしの時間の感じ方のことで（単なる主観というものですね）、ここでは一定の方向に流れるという感じじゃなくて、うまくいえないんだけれど、色々な物と——それはこの病室にある色々な物です——たとえば時計とか、シーツとか、体温計とか、スリッパとか、壁とか花瓶とか、そういった物たちとぴったり一緒になって、存在しているという感じがしています。それがどれくらいぴったりしているかというと、そのぴったりさを思うときに頭に浮かぶのは、かまぼこです。かまぼことかまぼこの板くらい、ここでは物と時間はぴったりくっついているんです。そこに影の入りこむ余地はなく、包丁か何かをすごく慎重に、まっすぐに入れなければ、そのふたつを離れさせることは難しいくらいに、そんなふうにぴったりしています。

入院なんて退屈だろうと、きみは思うかもしれないけれど、わたしには合っているみたいです。というのは、考えてみるとわたしにはわりと入院歴があって、ここの匂《にお》いとか、雰囲気とかに、馴染《なじ》みがあるからじゃないかと思います。

子どもの頃は、肺炎と手首の骨折、そしてきみもお見舞いに来てくれた、高校一年の夏休み、交通事故で足を骨折したときです。それぞれどれくらい入院してたのか、正確なことは思いだせないけれど、わりとしっかり入院したような記憶があります。もしかしたら勘違いしているかもしれないけれど、いつだったかは季節をまるごと過ごしたような気もします。ぜんぶここの病院で、その意味でもすっかり馴染みだね。今わたしがいるのは、きみが一度来てくれたところではなくて、中庭のむこうの、サテライト病棟っていうところ。いろんな科の、べつに重症じゃない患者が集められているようなところです。ここにはわけありの人も多そうで、ときどき色々な人を見かけます。でもきっと、まわりからはわたしもそう見られていると思います。手術も終わって、もう病院ですることは何もないのに、退院しろと言われないのは、病院が父の意向を汲《く》んでいるからだと思います。いくらここが田舎だからって、世間は感染症で大変なときなのに、わたしは親のおかげでこんなふうにしていられるんです。恥ずかしいことだよね。

　ときどき、自分はどうやって生きていくんだろうな、というようなことを考えます。それは将来とか仕事とか、そういうみんなが考えるような具体的なことではなくて、なにかもっと漠然とした、居場所のようなものです。でも、そんなぼんやりとしたことを考えて、こうやってベッドで眠っていられるなんて、のんきで、自分でもばかみたいだなと思います。でもじっさいに、わたしはここでは眠ってばかりいるんです。

不思議なことに、眠っても眠っても、眠ってしまうんです。まるで脳みそのほうが、こんなわたしに付きあっていられないといってわたしの意識から離れたがっているんじゃないかと思うくらい、ここに来てから、わたしがわたしでいる時間は短くなっています。まるで、歩けなくて、車椅子《くるまいす》に乗っている人の脚から筋力がなくなっていくように、わたし自身から、少しまえまでわたしにあった、なんとかまっとうに生きていくための筋力が少しずつなくなっていっているような感じがします。でもそれは、誰かに奪われたとか、もともと与えられていなかったとかそういうんじゃなくて、ぜんぶ自分でやっていることのような気がするんです。病気になったのはわたしのせいじゃないいんだけどね。でも、自分が自分に、なんだか毎日、取り返しのつかないことをしているような、そんな気持ちがします。

わたしは昔から、きみに話したいことがたくさんあって、一日じゅう一緒にいた日の帰りぎわでさえ手紙を渡して、きみはいつも、それを大事にしてくれました。そんなことを思いだします。そして夜は静かで、病院の夜はもっと静かで、じっとしていると、いつか長い時間がたったいつか、わたしはこうやって死んでいくんだろうなと、そんなことを考えてしまいます。暗いよね。でもね、病院はやっぱりそういうところで、わたしが今いるこのベッドでもこれまでたくさんの人が、病気とか、何かを抱えて、どこからかやってきて、ここで息をひきとったんだろうなと思うと、いま自分がね、そのいちばん終わりというか、最初というかに、いるような気がするんです。でも、たぶんほとんどの人は病気になって病院で死ぬことになるんだろうから、今ここから見えるすべては、いつかわたしが息をひきとるときに見えるすべてである可能性があるわけです。そう思うと、不思議です。自分がいつの、どこにいるかが、わからなくなるんです。それにね、もしかしたら現実のわたしはもうとっくの昔におばあちゃんになっているのに、認知症か何かになっていて、二十一歳のわたしだと思い込んでいるだけかもしれないんだもんね。まわりから見るとおばあちゃんなの。でも、わたしはわたしなの。わたしだけが、わたしなの。それできみに手紙を書いてるの。その場合、本当の世界って、どっちってことになるんだろうね。不思議だね。

すごく久しぶりに手紙を書いたから、話があっちこっちに飛んで、意味がつながらないところもあって、なんだか変な手紙になってしまった。眠ってばっかりだから、おかしな手紙になってしまった。でも、もっとおかしなことを言うと、わたしはこの手紙を書きながら、悲しいことなんてないのに、悲しいことなんか何もないのに、なぜだか泣いていて、涙がなぜか止まらないんです。何もないのに、何かがあったわけでもないのに、胸がいっぱいで、それはたぶんきみのことを考えているからで、きみのことを考えるとなぜこんなに涙が出てしまうのかは、わたしにもわかりません。

いつかはきっと、そんなに遠くないいつかにきっと、わたしは退院するはずなのに、現実的にはそうなのに、でもほんとにそんな日がくるのかなって、ばかみたいなことを考えます。誰だって、ずっとここにいるわけにはいかないのに、そういうわけにはいかないのに、でも、なんだか色々が夢みたいで、ぜんぶが遠くて、そんなふうに感じます。ここから出たとき、色々なことはどうなっているのかな。何も変わらないのかな。外からみれば何も変わっていなくても、じつはそっくりぜんぶが変わってしまっているのかな、だとすれば、わたしはそれに気づくことができるのかな。

しあわせなことを想像しているとき、胸のなかはあんなふうに膨らむんだろうなというような雲をみたこと。影に影をかさねても、何も残らなかったこと。わたしはきみのことが大好きです。きみに会えたことは、わたしの人生に起きた、本当に素晴らしいできごとでした。わたしを見つけてくれてありがとう。わたしを好きになってくれてありがとう。ねえ、戻れない場所がいっせいに咲くときが、世界にはあるね。ずっと、ずっと元気でいてください。お元気で。

あなたの鼻がもう少し高ければ

誰にも頼まれてなどいないのに、あるいは自分で自分に課しているわけでもないのに、感想というのは常にやってくるからしんどいものだ。

何かを食べてなにこれうまい。関係のない誰かの噂《うわさ》を仕入れて、信じらんない馬鹿《ばか》じゃないの。ぱんぱんにむくんだ自分の脚をみてまじ終わってんなこれ。デパコスの新色をタップして最高すぎる。トヨを出入りする感想はいたって単純で、通過したあと大した痕《あと》は残さないけれど、何しろ量が多いので、自分でも気づかないうちに通路はみるみるすり減って、しかしどこに修理を頼めばいいのか、いつまでもつのかわからない。

朝、目をひらくと同時にトヨはスマートフォンでSNSをひらき、メンションとダイレクトメッセージをチェックして、フォローしているアカウントを巡回する。気合の入っている写真がアップされていたら「天才♡可愛《かわ》い♡顔面国宝♡」「ベリ可愛《かわ》！　優勝！　似合い散らかしすぎだから！」みたいなことをえんえんリプライしてからライクボタンを押し、うっざ馬鹿じゃねありえないから、と知らない相手からのメンションに悪態をつきながら、布団《ふとん》のなかの時間はいいな、と思う。温かいし、動かないでいいし、一生ここから出たくないな。トヨはいつも心からそれを思う。

じゃあもう外に出なくていいように、死んでみるっていうのはどうか。

そんな考えがよぎらないこともないけれど、この心地よさを味わうことと、そこから出ることと死んでしまうということの関係がやっぱりさっぱりわからないし、すぐに面倒になって忘れてしまう。

それからゆっくり、モエシャンの、みっつのアカウントをチェックする。

モエシャンが何歳なのか、どこに住んでるのか、色々なことは謎《なぞ》。顔もいい感じに角度をつけて、ちらりとしか写さない。それだってきっと盛られてるだろうけど、まつげが長く、メイクが上手で、きれいな髪が印象的だ。そんなモエシャンには敵が多くて、彼女を面白く思わない、主に匿名《とくめい》アカウントが彼女についての色んな憶測をひんぱんに書き込んだりするけれど、ほんとのところはわからないし、モエシャンは相手にもしない。

トヨは、モエシャンのチームの女の子たちに憧《あこが》れて、なんとか一員になってみたいその他大勢の女の子たちとおなじように、モエシャンのSNSのアカウントをフォローして、モエシャンがどんな一流店でどんな高級料理を食べて、どこのハイブランドで買い物をして、どんな服を着て、金持ちの男たちの金をどれくらい使ってどれくらい可愛い女の子たちと一緒に遊んでいるか、そうした情報を彼女の気まぐれなポストから摂取するだけ。

この二日間、つぶやきもないしストーリーズもあげてないし、取り巻きのアカウントにもどこにも登場していない。たぶんモエシャン、リアルが楽しすぎて忙しいんだろうなとトヨは思う。時計を見る。初めてモエシャンとその界隈《かいわい》の存在を知って半年。今日、じっさいに自分がモエシャンに会うのだと思うと、トヨのみぞおちはきゅうっと縮まり、死ぬほどどきどきする。いけんのかこれ。

でも、服もメイクも迷いに迷ってどれで行くかちゃんと決めたし、今さらびびってもしょうがない。トヨは自分を勇気づける。駅前にある評判のいい洋菓子店で手土産のフィナンシェ詰めあわせもちゃんと買って、用意してある。少し迷って五百円高いほうのセットにしたたし、それにこの日のためにサラダチキンと冷奴《ひややっこ》だけを食べる生活を二週間つづけて体重をなんとか三キロ落として頑張った。見た目にもちょっとすっきりして、心なしかすっぴんの状態でも目が少し大きくなった気がする。じゃっかん達成感あるな……トヨは自分自身をからかうように鼓舞しようとするけれど、そんなことでは胸の底にはりついている緊張は剝《は》がれず、無意識のうちに人指ゆびの爪《つめ》で歯の隙間《すきま》をひっきりなしに引っ掻《か》いている。流れてきたアパレルの広告を反射的にタップする。セールか。こういうサイトあったんだ、なんかふつうにかわいくない？　でもけっきょく骨格ストレートって限界あるんだよ、こういうフレア系とか全滅すぎて笑えるよな。まじ骨格ウェーブで優勝したい。だいたいなんでわたしはブルベ冬として生まれてこなかった人生なのか。どうでもいいけど黄色すぎるから顔。そんなふうに何秒間かがっかりして、またべつのページに飛ぶ。

学校は休校。授業はオンラインになるとかどうとか。田舎の親が学校に行かないぶんの授業料は返ってくるのか、そういう話はないのかと訊《き》いてくる。知らないし、まだわからない、と答えても、少しするとまたおなじことを、おなじように訊いてくる。ひょっとしてこれがぼけの前兆なのかと思うとわりと切ない。年齢的にはまだ早いとは思うけど。それに戻ってくるかもしれない娘の学費を当てにしたいくらいにはうちってやっぱり金がないんだなと思うと、わかってはいても、なんともしょっぱい気持ちになる。そんな陰りを打ち消すように、トヨはスマートフォンの画面をスクロールしつづける。

関東近郊のしいたけ農家で生まれ育って、都内のなんてことない大学に進学したトヨの日常には、目立った困難も不満もとくになかった。けれどトヨには、昔からどうも何かを謳歌《おうか》するということが、うまくできないところがあった。

それがはっきりしたのは思春期のころ。

いつからか彼女をじっと監視している視線の存在に気がついて、それ以来、トヨがちょっとでも浮かれたり、楽しいな、などと思ってうっかり心を弾ませるようなことがあると、それは即座に「身の程を知れ」と警告するようになったのだ。その視線がどこからやってきたのか、トヨにはわからない。けれど、鏡に映る自分の顔を見たり、仲の良い女の子たちと一緒に撮られた写真を見たり、布団の中で一日の出来事のあれこれをふりかえり、たとえば男子たちが自分にとった態度や無関心や表情なんかをふと思いだしたりするときに、その視線は一段と強く、鋭くトヨを睨《にら》みつけるような気がした。

トヨは美人というわけではなかったけれど、べつに醜いわけでもなかった。

ただ、圧倒的に人の印象に残らない顔というか、その雰囲気も含めて、人の明るい感情や、また会いたいな、みたいな、そういうポジティブなあれこれをほとんど喚起させない、そういう感じの顔をしていた。

ただ普通にしているだけなのに、親や友達から、どうしたの？　退屈なの？　怒ってるの？　と訊かれつづけて、そんなことないよという正直な反応も、言い訳やある種の拗《す》ねとして受けとられてゆくスパイラル。トヨに「身の程を知れ」と警告してくる視線と、そうした自分の容姿は何かしら密接な関係にあるのではないかとトヨは感じていた。

かといって、トヨは自分にまったく自信がないわけではなかった。というより、ふつふつとした野心すら秘めていると言ってもいいくらいで、トヨは自分の髪が美しいことを知っていたし、額の形を気に入っていたし、並行二重ではないけれど、いい感じに垂れた目には、ほんの少しだけ自信があった。

ただ上顎《うわあご》の上の歯茎が少し前に出ており、横から見ると口がもっさり厚くみえるのが嫌いだった。顎はふつうの角度なのでバランス的にはそんなに悪目立ちはしないけれど、鏡で横顔をチェックするたびに、自分の口元が美人の条件であるEラインからは程遠いことを思い知らされてがっくりきた。額も目も、パーツじたいは致命的という感じはしないのに、全体で見るとなんでこんな感じになるんだろう。なんでわたしは、ぱっとしないんだろう。自分自身が生まれてこのかた地味で凡庸な存在であると見られつづけていることに、トヨは慢性的な苛立《いらだ》ちを感じていた。

自分の本当の力を発揮することができる舞台はすでにいくつも存在しているのに。そこに行けないもどかしさ。

そして、本来の能力を発揮した自分を称賛してくれる人々はじつはもうたくさんいるっていうのに、そんな素敵なみんなにまだ出会うことのできない孤独な焦《あせ》り。

自分という存在が、何かをじっと待機している状態そのものであるような、トヨはそんな感覚がずっとぬぐえなかった。小気味良い音をたてて何かがかちっと嚙《か》みあいさえすれば、オセロがずらっと裏返るみたいに、すべてが変わる気がするんだよなあ。それはたぶんちょっとしたことなのだ。わたしという存在を、もっと、くっきりさせなければ。早く本当の自分を発揮して、みんなのいるあの場所に行かなければ。ぎりぎりいっぱいに開かれたトヨの目は、常にスマートフォンに張りついていた。

そんなわけで、焦りと鬱屈《うっくつ》が交互にやってきては少しずつ幅を利《き》かせてゆく実生活もそこそこに、トヨはこの一年ほどＳＮＳの美容アカウント、整形アカウントに入り浸るようになっていた。

整形手術が、ある種の惨《みじ》めさとともに見世物であった時代は終わり、女の子たちの術後、術前の写真のせきららな公開や、ダウンタイムに耐える姿と詳細なレポートは輝かしい戦歴の証《あかし》、そのものになった。トヨにとっては眩《まぶ》しさそのもの。理想の首根をつかんだら最後、文字通りの満身創痍《そうい》で正々堂々とおのれと戦い、そして血まみれの勝利を手にして快哉《かいさい》を叫ぶ姿は憧れだった。

トヨは、そんな彼女たちにみるみる夢中になった。これだ。わたしが本当のわたしになるためにまず必要なのは、これなのだ。そんな彼女たちのサバイブと、それを可能にしている金の流れを目を赤くしながら追っているうちに、自然にモエシャンに辿《たど》り着いたのだった。

そう、整形と美容には、とにかく金がかかる。

自分とそう年の変わらない女の子たちが、どうやってそんな大金を工面しているのか、いちばんの疑問はそれだった。女の子たちの日々をつぶさに観察していると、背景は女の子の数だけあるにしても、そこにはいくつかのパターンがあるようだった。

まず実家が太い子。そして風俗などで稼いでいる子。それから水商売をしている子。あとは男と会って食事したりカラオケをしたりすることでお小遣いをもらうというようなことをしている子。ほかには、それのパーティーヴァージョンという感じで、ギャランティが発生する金まわりのいい飲み会で稼いでいる子たち。

モエシャンはそうしたことを希望する男たちに、女の子たちを適材適所、大量に紹介する元締めとして存在していた。そして、悪びれることなく自分のその斡旋《あっせん》業のことをSNSで公開していて、とにかく言葉遣いが辛辣《しんらつ》なことでも有名だった。「わたしに話しかけていいのは美人だけ」とか「ブスは貧乏のもと」だとか「金と顔と若さと人脈だけが女の人生を決める」みたいなことを言って憚《はばか》らなかった。

彼女に群がるようにそれらを謳歌している女の子たちは、まるでモエシャンの価値観をそのまま体現しているかのように、みな若くて美しい艶《つや》に満ち、自分たちが参加したパーティーや飲み会の様子や、銀座や麻布なんかのミシュラン星つきのどこかで食べた何かとか、男に買ってもらったバッグや時計なんかを、堂々とアップしつづりていた。

整形していることを隠さずシェアする女の子たちにはトヨも慣れてはいたけれど、知らない男たちに——彼女たちがいったいどこまでのことをしているのかは実際にはわからないけれど、それでも一応、そうした男たちに媚《こ》び、いわゆる自分自身の一部を切り売りする的な行為全般にいっさいの後ろめたさを感じていない、モエシャンとそのまわりの女の子たちの様子に、トヨは鋭いノミか何かを前頭葉にカッと突きたてられたような衝撃を受けた。

　そして何より、

〈心じゃない。顔と向きあえ〉

　モエシャンのアカウントのプロフィール欄にただひとこと書かれてあったその文句に、トヨは痺《しび》れた。

　トヨの大学のリアルの友達や知りあいは、最近は口をひらけば多様性とか自尊心とか、ルッキズムに反対しますとか、そんなことばかりを口にするようになっていた。人にはそれぞれの良さがあり、それは他人に決められるものではない。自分の価値は、自分で決める。トヨのリアルの友達がそういう感じのことを得意げに言ったりSNSに書き込んでいたりするのを目にするたびに、トヨは白けた。

　だって、そんなの嘘《うそ》じゃん。トヨはシンプルにそう思った。彼女たちの話をそのまま真に受ければ、ブスも美人も、この世界には存在しないことになる。

　でも普通に考えて、そんなことはありえない。じっさいに、美人はいるしブスもいる。そんなの当たり前の話だった。自分で決められる価値もそりゃあるにはあるだろうけど、同時に他人が決める価値も、あるに決まってるじゃんか。得をするのはいつも美人で、損をするのはブスなのだ。だいたい美醜が個人の気の持ちようなんかでどうにかなるとか、本気で思ってんのかな。思いとか気合とかで、なんとかなるとか？　もしそうなら、モデルとか芸能人とかどういう理由で成立するわけ？　みんな何に金を払っているわけ？　美しさとかきれいさっていうのは、例えば、しあわせとか愛とかそういうなんかふわふわわした適当なものとは根本的に違うんだよ。美っていうのは、どうしたってはっきりしていて、ぜったいに見間違えようのないものなんだから――ってま、あの子たちも、本当はわかってるんだろうけど。

そっち側にはなりたくないな、とトヨは思った。ただの弱さが、なんか気づき、みたいになってるのも気持ち悪いし、誰も傷つけない自分はえらいと信じることで自分を慰めるしかないような、そういうのはきっついな、と思った。

それに比べてモエシャンはどうよ。モエシャンは強い。嫌われることを恐れない。人の顔色を見ない。モエシャンは逞《たくま》しい。自分の価値観を信じて突き進んで、モエシャンは今を生きている。そして何より、モエシャンは真実を言っている――こうしてトヨは、モエシャンとその仲間たちに心酔するようになっていった。

ある日、モエシャンが、

「今から二時間だけDMあけるんで、楽して稼ぎたい美人は写真を送ってくださーい。

早いものガチ」

と書き込んだ。

モエシャンの本拠地は港区で、そこでは毎晩のように選りすぐりの一軍女子だけを集めた羽振りのいいパーティーが繰り広げられていた。金持ちだけでなく、ときにはスポーツ選手や男性アイドルなんかも参加して夢のような時間を過ごしているというような匂わせポストもあったりして、モエシャンのチームに属したい女の子たち、あんなふうに楽しみながら稼ぎたい女の子たち、なんだかよくわからないけどちやほやされたい女の子たちが、年がら年じゅう色めきたっており、そんななかでかけられた、まさかの募集だった。

きた、とトヨは胸の中で叫び、心臓がどきどき音を立てた。

ものすごく迷ったけれど、駄目もとの勢いでダイレクトメッセージを送ってみた。するとすぐに応募受付専用ラインのアカウントが送られてきて、そっちに写真を送ってこいという。トヨは一瞬ひるんだけれど、これはわたしがくっきりするための、きれいに一皮むけるためのチャンスなんだと言い聞かせて、数ヶ月前にものすごい時間をかけて自撮りした奇跡の一枚に、さらにアプリの技術のすべてを投入して加工したものを、思い切って送信した。翌日、ライン審査をパスしたので、二週間後に渋谷に来いという返信があった。モエシャンが面接するという。それが今日というわけだった。

♡

指定されたのは渋谷のセルリアンホテル。名前を聞いたことはあったけれど、じっさいに行くのは初めてだった。渋谷駅に着いて、巨大な歩道橋を渡って数百メートル歩いたところに、その大きなホテルはあった。

空気は生ぬるくて、まっすぐ歩いてるだけなのに、なんか体がふわふわする。三キロ痩《や》せるとこんな感じなのか。それにまだ三月になったばっかかで春なのになんかもう夏みたいじゃない？　そう思うと腋《わき》にじわりと汗がにじんで、汗止めのジェルを塗り忘れてきたことに気がついて、トヨは心の中で舌打ちした。今日のはぜったい臭《にお》う汗だ。いやだなあ、っていうか、なんで臭う汗と、そうじゃない汗があるんだろ。臭うときと、臭わないときってていうか。食べ物？　体調？　わかんない。そのへんのドラッグストアで汗止めを買って塗ったほうがいいんじゃないかといっしゅん迷ったけれど、来た道を戻ってもう一度あの巨大歩道橋を往復することを思うと億劫《おっくう》になって、もういっか、とため息をついた。久しぶりに履く厚底のローファーはすでにトヨの足を痛めつけており、こっちじゃないほう、べつのヒールを履いてきたほうがよかったかもと後悔した。そうすると、そもそもスカートともブラウスとも合ってないような気がし始めて、トヨはがぜん不安になった。ネットのセールで四千円、売れ筋ナンバーワンの、小さな金具のついた厚底ローファー。

そのとき、向こうから歩いてきた二十代くらいの女とすれ違いざまに目が合って、軽く睨まれたような気がした。早足で、細くて、顔が小さくて派手めな女だったから馬鹿にされたのかとトヨは思ったけれど、もしかしたら自分がマスクをつけてなかったからかもしれないと思い直した。

行き交う人々を見ると、マスクをつけている人とつけていない人の割合は半々という感じだった。この一ヶ月くらいテレビは感染症のことしかやっていないけど、やっぱたいしたことないのかもな、とトヨは思った。気温が上がったら自然消滅するって、どっかの偉い学者だか医者だかも言ってたしな。

こんなに騒いでも結局べつに何も変わらないんだな。そう思うと、頻繁に電話をかけてきては学費のことを何度も尋ねたり、感染におびえて暮らしている実家の祖母や母親や父親のことが頭に浮かんで、なんだか哀れに思えるのだった。知らないっててのは損なことなんだな。ちゃんとした情報にありつけないっていうのは。負けつづけるっていうかさあ。狭い世界で取り残されていくっていうか。べつに感染症のことだけじゃなくて、生きていればなんでも。

ホテルは大きく、色んなところから人や車が出入りしていて、いったいどこからどう行って中に入ればいいのかトヨにはわからなかった。十秒くらいそうした人の行き来を観察すると、多くの人たちが外付けのエスカレーターに乗って移動していたので、トヨもその後についていくことにした。

エスカレーターを降りて、すぐ前を歩いている人とおなじ方向に進んでいくとホテルの内部に入り、そこがロビーになっているようだった。

人は多くもなく少なくもないといった感じで、きちんとしたスーツに硬そうな四角い鞄《かばん》を持った男たちや、女も身なりのいい人が多く、カジュアルな格好をしているのは外国人だけで、そういえばあっちにもこっちにも外国人がいる。吹き抜けというのか天井というのか、壁も窓も何もかもが高くて大きくつるつるしており、むこうに見える階段も、目のまえにそびえている柱もなんだか当たり前に巨大って感じで、少なくない数の客がいるのに静かで、トヨがこれまで泊まったことのあるホテルとはレベルが違うように感じられて気後れがした。そして、こんな高級な感じのするところで女の子たちを面接するなんて、モエシャンはさすがだと思った。

約束の時間の午後二時まで、あと十五分あった。

トヨはきょろきょろしながらトイレのほうへ歩いていった。廊下の途中に雑貨店があり、ただでさえ光り輝いているガラスケースの飾り棚に、まるでグリッターフィルターをかけたみたいなアクセサリーや小物入れなんかが並べられていた。顔を近づけて値段を見ると、小さな髪留めが二万五千円とあった。

広々した石造り調のトイレはひんやりとし、手前のパウダールームの一番奥に女がひとり、座っているのが見えた。トヨは用を足したあと入って行き、ひとつ空けて又隣の席に腰を下ろした。鏡越しに見えた女の顔にトヨはぎょっとした。メイクがどうとかそういうレベルではなく、ひと目で整形であるとわかりすぎる感じの圧が凄《すご》かったのだ。トヨは日頃ネットで整形アカウントに慣れ親しんでいる自分はそういったことについてよく知っていると思い込んでいたのだけれど、考えてみればここまで気合の入った人物にリアルで会うというかお目にかかるというか、間近で目撃するのは、じっさい初めてなことに気づかされた。

両目とも、二重切開にプラス目頭プラス涙袋形成、鼻はプロテーゼと小鼻縮小、鼻先をクリップでつままれたようになっており、額はヒアルロン酸か脂肪注入でこんもりと盛りあがり、これが噂のコブダイか……とトヨは内心でどきどきした。フィラーの入れすぎで上下ともはちきれんばかりに膨らんだ唇は、まるで小人の尻《しり》のようだった。

じろじろ見ては失礼だとわかっていても、それぞれのパーツと、それが合わさったときに奏《かな》でるインパクトがすごすぎた。目も鼻も唇もすべてが飛びだす絵本の部品のようで、どこにピントを合わせていいのかわからないというか、逆に全部にピントが合っていてどこを見ていいのか、わからないというか。頭では駄目だとわかっているのに、メイク直しをしながらトヨはどうしても女のほうをちらちら意識してしまうのだった。

そうか、誰かが書いていたとおり、切開二重と目頭切開を同時にやるのはやっぱまずいんだなとか、蒙古ひだなしはいくら高さを後づけしても、日本人の基本的な平らな鼻筋とは食い合わせが悪いっていうのは本当なんだなとか、もしかしたらヒアルだけじゃなくて唇はM字形成してるのかもしれないなとか、鼻でも目でもやっぱり自前パーツはぜったいにひとつは残しておかなきゃいけないっていうのは間違いないなとか、頼まれてもいない答え合わせをしながら、鼻に浮いた脂《あぶら》をパウダーでおさえ、アイシャドウの締め色を目尻に重ねた。マスカラを塗り直しているとき、メイク直しを終えた女が席を立って、出て行った。黒い、フレアスカートのミニのちょっと透け感のあるワンピースで、年齢はわからなかった。

モエシャンが待つ部屋は、二七〇九号室。

菓子折りの入った黄色の紙袋をしっかりと握りしめ、トヨはパウダールームを出て歩きだした。初めての人に会うときは手土産を持っていくといい――それは田舎の母の教えだった。悪い気持ちになる人はいないから、というのがその理由で、こういう機会はほとんどないけれど、でも、トヨはこうした気遣いのできるわたしってちょっといいよね、と感じているところがあった。向こうから笑顔でやってきたホテルの制服姿の女性従業員に、二十七階の部屋に行きたい旨《むね》を伝えたら、親切にエレベーターホールまで連れていってくれた。トヨはぐっと明るい気持ちになって、弾むような気持ちで、素敵なホテルですね、と声をかけてみた。ありがとうございます、と従業員も優しく返事をした。

ホールに着くと、さっきパウダールームにいた女の姿が見えた。

従業員が笑顔で去ったあと、ちん、と涼しい音を立ててやってきたエレベーターに、女、トヨの順に乗り込んだ。女は黙って二十七階のボタンを押した。それを見たトヨは思わず声を出してしまうところだった。内なる驚きが伝わったのか、女もちらりとトヨを見た。っていうか、もしかしてこの人もモエシャンの面接とか？　こんなに階数あるのにおなじ二十七階って、そういうことでしかなくない？　まじで？　ふたりはなんとも言えない沈黙とともに吸い上げられるように高層階に向かって上昇し、トヨの鼓膜はぷつんと小さな音を立てた。

二十七階に着くと、なんとなくお互いを気にしながら微妙な距離を保ちつつ、長い廊下を歩いていった。ドアの前でふたりは並ぶかっこうになり、そこで初めて目が合った。

近くで見ると、女の顔はさっき鏡越しに感じたものとは比べものにならないくらいの迫力に満ちていてトヨは面食らったけれど、女が少し微笑《ほほえ》んだように見えたので、トヨも反射的に微笑んだ。女がベルを鳴らした。沈黙。十秒後にもう一度鳴らした。するとドアの向こうで人がこちらに移動してくる気配がし、がちゃりとドアが開いた。

「入ってー」

出てきたのはモエシャンではない女だった。

けれどトヨには、それがモエシャンの側近中の側近であるチャンリイであることがひと目でわかった。

チャンリイはインスタで見るより小柄で、目が倍くらいに大きく、全体に華奢で、そして何より目に飛び込んできたのは、そのめちゃくちゃな可愛さだった。

チャンリイは水色のふわふわした袖長《そでなが》ニットみたいなのを着て、白っぽいジーンズを合わせていた。死ぬほど脚が細いと思った。色素薄い系のメイクにブルーグレーのカラコンがきれいだった。というか、黒目の部分に反射する光のかけらの数が、人より多い気がする。それに肌が完璧《かんぺき》にブルべ冬で、色んなところをいじってはいるはずなんだけれど、どれもやりすぎず盛りすぎずで自然だった。完璧だった。トヨの鼓動は激しく脈打ち、顔が赤くなるのがわかった。

女が先に入って、トヨが後につづいた。そのとき、トヨの胸がさっと陰った。自分はいまこのパウダールームの女とたまたま一緒に部屋に入ることになったけど、なんていうか、知りあいとか友達って感じに、思われたりしないよね？　これが偶然だってこと、チャンリイちゃんとわかるよね……？

いや、うん、わかるはず。だって面接の受付っていうか、申込みは別なんだし、だいじょうぶだよね……そんな不安を打ち消しながら女の後ろ姿を見つめ、その足元に目をやったとき――女が、トヨの履いているのとおなじような厚底ローファーを履いていることに気がついた。

まじかよ。トヨは限界まで目を見ひらいてそれを見た。濃い茶色。ごつごつして、透け感のある黒のワンピとぜんぜん合ってない。いや、そんなことよりこれ、似てるんじゃなくて、ひょっとしておなじ靴なんじゃないの……？　金具、金具のところを見ればわかる、いや、でもこれって現実に、おなじじゃなくてもおなじっぽく見える、ってことがこの場合は問題で、この感じ、面接におそろいの靴を履いてきてる感じのこれ、チャンリイにいったいどう見えるの？　センスおなじ感じにみえる感じなの？

何をどう考えればいいのか、トヨの頭の中はまだらに白くなった。

こっちでーす、というチャンリイの声にはっとして顔をあげると、一面に張り巡らされた大きなガラス窓のむこうに、東京の街が白っぽく霞《かす》んで見えた。手前に応接セットのあるリビング的なところがあり、その左奥に寝室部分がつづいているようで、べつの女の笑い声が聞こえてきた。電話で誰かと喋《しゃべ》っているみたい。あの声は動画で何回も聞いたことのあるモエシャンだ、トヨはそう直感して耳がボッと熱くなった。

「すわってー」

チャンリイに促されるまま、トヨと女はソファに並んで腰かけた。

チャンリイは、ゆるく巻かれた金髪に近い、けれど全体に艶のある髪を何度もかきあげながらにっこり笑った。その仕草を見つめながら、トヨも無意識につられて自分の髪を触っていた。部屋は見事に散らかっていた。飲みかけのペットボトルとかグラスとか、皺《しわ》だらけのショッパーや、床に丸められたバスタオルなんかが目についた。面接のためっていうより、普通に何日もここに泊まってるのだろうか。チャンリイはスマートフォンに目をやったまま独りごとを言いつつ、ふたりの向かいに座った。

「――えっと、どっちがマリリンちゃん？」

「わたしです。マリリンです」

　女がいきなり、元気いっぱいの声で返事をした。その声のあまりの威勢の良さ、場違いな大きさと張りにトヨは驚き、思わず中腰になってしまい、あわてて座り直した。自分が空気を読まずに大声を出したわけでもないのに、何かとんでもない失敗をしでかしてしまったように、心臓がばくばくと連打した。

　チャンリイは女の顔を二秒ほど凝視し、眼球を三ミリほど上下に動かすと口元だけで笑顔をつくり、無視することを決めたようだった。

「じゃ、そっちルナちゃん？」

「はい」

　トヨは控えめに返事をした。

　トヨの本名は登る世と書いてトヨと読む、まあまあ古風な名前だった。トヨが五歳のときに死んだ母方の祖父が「女だけどこれから世の中は変わるだろうし、出世するように」とつけてくれたものだった。その祖父心を知ってか知らずか、子どもの頃の綽名《あだな》はトヨトミからきたヒデヨシで、けっきょくトヨは小学校の六年間をヒデヨシとして過ごすことになった。何の疑問もなくそこらの男子とおなじようにヒデヨシ呼びする責任感のかけらもない教師なんかもいて、そのつど苛々させられたけれど、それよりもトヨは、この地味で時代遅れでまるでおばあちゃんのような名前がいかにも自分自身とその人生の色味を宿命づけているように思われて、最初から好きになれなかった。あれこれ考えた末、トヨは生まれ変わるような思いで自分にルナという名前をつけ、さすがにリアルの知りあいには秘密にしていたけれど、ＳＮＳ上ではもうずっとルナと名乗っていた。

「ええっとー」

チャンリイが笑った。

「えっとー、ギャラ飲み希望なんだよね、うちにＤＭくれたってことは」

「はい」

普通に返事をしたら、女と――さっきマリリンと名乗った女と声が完璧に重なって、ユニゾンみたいになってしまった。

「えっとー」

チャンリイがまた笑った。

「えっとー、どこから何を言えばいいのかっていう」

せせら笑いのような表情でそう言うと、チャンリイはスマートフォンを触りだした。チャンリイが何か言うのをじっと待った。マリリンも黙ったまま、じっとチャンリイを見つめていた。でもチャンリイは、スマートフォンを持ったおなじ右手の親指で器用に画面をスクロールさせているだけで、つづきを話そうとはしなかった。半分ひらいた口から、ピアノの鍵盤《けんばん》みたいに真っ白な歯がみえていた。トヨとマリリンは黙ったまま、チャンリイがここにはいない誰かと、あるいはここには存在しない何かとやりとりしているのを見つめていた。チャンリイに案内されて部屋に入り、こうして彼女の目の前のソファに座っているのに、おかしなことにチャンリイはそのことにまるで気がついていないかのような、そんな感じがした。奥の部屋からも、まだ電話の話し声がつづいていた。

「あのー、ルナちゃんのほう」

しばらくして、チャンリイが画面に目をやったまま言った。

「ちなみに、整形ってしないんですかー」

えっ、と声が出て、トヨは打たれたように背筋を伸ばした。

「あっ、めちゃくちゃ興味はあります」

「どこ？」

「あっ、クリニックですか？」

「違う、顔のどこ？」

「あ」トヨは唇を舐《な》めあわせた。「えと、理想っていうか、あの、それはあることはあるんですけど、まずクリニックに行って相談して、全体見てもらって、どこをするのがいいか一緒にまず決めるっていうか、そんなふうに考えてて……っていうのは、全体の費用感とかもあると思ってて」

「ふつう、それ終わってから来ない？」

「えっ」

「だから、来るなら、顔ちゃんとしてから、来てほしいんだけど」

チャンリイは目だけをちらっと動かしてトヨを見た。

「なんでブスのまま来てんの？」

トヨは、腹の奥のほうから恥ずかしさが熱の塊のようになって、体の内側をせりあがってくるのを感じた。

ここからは見えない、トヨ自身も見たことのないひだやおうとつや粘膜を、その熱がなめしながら覆《おお》っていくのを感じていた。これが胸を越えて首を通って頰や目のあたりに到達したら、そのまま顔面が爆発してしまうのではないかと思うくらいに、その恥ずかしさは熱かった。トヨは息を大きく吐いて、なんとか頭の中に浮かんだ言葉を繋《つな》げていった。

「えと、費用感っていうか、えっと、調べてはいるんですけど、かなりお金もかかるみたいで、そのために、えと、今回頑張らせてもらえたらいいなって、そんなふうに思って」

「いや、逆でしょそれ」

「えっ」

「それってさ、大学入る金がないから、まずグーグル入って稼ぎたーいとか言ってるのとおなじだよ。意味わかる？」

チャンリイは鼻で笑った。

「金がないなら借金するか、ブスでもできる仕事して稼いで、まず整形でしょ」

トヨはチャンリイの言葉に黙った。

「っていうか、それっきゃなくない？　芋ブスでも穴モテするとこ見つけてやるっきゃなくない？　ぜんぶ順序が逆なんだよね。っていうかさ、クリニックで相談しますって、顔みたらどこやんなきゃいけないとか明らかだと思うんだけど？　まず口ゴボ、それから鼻っしょ。そんなんわざわざ相談するまでもなくない？」

チャンリイは目の端っこをきれいにネイルされた小指で掻いた。

「インビザとかさ、なんでもあるじゃん、金ないなら、ないなりに。投資もしないで金稼ぎたいとかまじなくない？　いるんだよなあ最近。ギャラ要らないから人脈つくれる場所に参加させてくださーいとか、金持ち紹介してくださーいとか言ってくるの。無理だっつうの。信用なくすし、ブスに人脈与えてうちらに何の得あると思ってるのかなあ？　あんたの言ってることそれでしょ」

トヨはぴくりとも動かずに黙っていた。チャンリイの視界にすら入っていないマリンも、膝《ひざ》のうえに手を載せたまま動かなかった。

「っていうか、ブスに来られると場が凍りつくの。ブスはトラブルのもとなの。っていうか写真がんばりすぎっしょ。盛ってるとかのレベルじゃないし。最近さあ、ほんと女の子から連絡すごく増えてて、ただでさえ忙しいのにさ、も、こういう営業妨害やめて？」

トヨは一言も言葉を返せず、ただ瞬《まばた》きすることしかできなかった。

「はい、おつかれ」

チャンリイは髪をかきあげて立ち上がると、奥の部屋に入っていった。モエシャンはけっきょく、一度も姿を見せなかった。

♡

部屋を出たトヨとマリリンは、二十分まえとおなじようにエレベーターに乗り、薄暗い穴にでも吸い込まれるように下降していった。ちん、というやはりさっきとおなじように涼しい音がして扉がひらき、さきにトヨが、そしてマリリンの順で、ホールに出た。多くも少なくもない人々が談笑したり、歩いたり、誰かを待ったりしているロビーを横切り、なんとなく外に出た。湿っぽい、生暖かい風がぶわりと吹き抜けて、トヨは思わず目を細めた。

内臓が痛かった。いや、もちろん現実に内臓に損傷を受けたわけではなかったし、傷もあざもなかったけれど、しかしそうとしか言いようのないダメージを全身でひきずりながらトヨはふらふらとテラスを歩き、エスカレーターを目指した。吐く息が重く、つらく、体の重心をどこに預ければいいのかが、足を一歩踏みだすごとにわからなくなった。松葉杖《まつばづえ》とか、道でおばあちゃんとかが使ってるカートみたいなのが欲しいくらいだった。家にあるクイックルワイパーでもいい。体を支える何かが欲しい。もたれかかるようにエスカレーターのてすりをつかみ、トヨは地上に運ばれていった。そしてベルトコンベアからどすんと落とされる荷物のようにアスファルトに降り立ち、ぽっくりぽっくり足を進めていると、ふいに視線を感じて、振り返った。

少し離れたところに、マリリンがいた。トヨとマリリンは何秒間か、見つめあう格好になった。トヨは、何か用ですか、とかなんとか言ってみようかと思ったけれど、その気力もなかった。

トヨは、自分とおなじ大きさ、重さのずだ袋をずるずる引きずるように歩き、なんとか巨大な歩道橋を乗り越えて、駅のほうへ進んでいった。階段とか、ちゃんと舗装された道を歩くのだけでもこんなにしんどいのに、登山とかわざわざする人ってすごいなとか、そんなことを思った。

山手線の渋谷駅南改札口は人で混雑しており、パスモの入っている財布を取りだしてはみたものの、あの人混みのなかに自分から入っていく気にはどうしてもなれなかった。よくわからないけど死ぬほど重いこの体と魂を、どこかで休ませないとやばい感じがする。トヨは横断歩道を渡って、雑多な飲食店が並ぶビルとビルのあいだの通りをゆき最初に目についたカフェに入った。

そんなに広くもない店は、がらがらだった。いい匂《にお》いなのかそうでもないのか、揚げ物とかルームフレグランスとかお香とかそういうのが混ざりあったような独特な匂いが充満していた。

顔が冗談みたいに小さくて、映えという映えが凝縮されたような、美しく若い女の店員がやってきて「お好きな席へどうぞ」と、無愛想ここに極まれりという具合で言った。トヨに一瞥《いちべつ》もくれないその感じが、さらに美貌《びぼう》を引き立たせた。東京だよな、とトヨは力なく思った。こんなレベルの顔がごろごろしてる。美人であるだけで、その不機嫌も、わがままも、泣き言も失敗も、弱さも強さも、ぜんぶがそろって威光になる。ブスでは成立しないすべて。トヨは、沼にでも沈むようにソファに座って胸の中の息をぜんぶ吐きだした。少しして、がらんとドアの開く音がした。顔をあげると、逆光の中でマリリンが立っていた。細い光に縁どられたその影は軽く会釈《えしゃく》のような動きをすると、トヨのほうへ歩いてきた。

トヨは生ビールを頼み、マリリンもおなじものを選んだ。きっちり三分後に、さっきの店員がこんもりとした泡を載せたグラスをふたつ持って戻ってきた。

トヨはグラスをにぎってかぶりつくようにビールを口に含んでから、喉《のど》に流し込んだ。苦味と冷気が胸の内側に一気に広がり、大きなため息をついた。

「やばかったですよね」

一息ついてから、トヨは自分でも独り言と見分けがつかない感じで言った。

「やばかったです」マリリンも言った。

「年って、訊いてもいいですか」トヨは言った。

「二十一です」

「おない年です……っていうか」

長い沈黙が流れ、トヨはもう一度、深いため息をついて言った。

「やばくなかったですか」

「やばかったです」

「マリリン……さんでいいんですかね。マリリンさん、こういう面接よく受けるんですか？」

「モエシャン界隈《かいわい》は、初めてです」

「なるほどです」

何がなるほどなのかトヨにもわからなかったけれど、そんなふうに相槌《あいづち》を打ちながら、もうひとくちビールをあおった。トヨには酒を飲む習慣はなかったし、弱いほうで、ソファに腰を下ろしてメニューにビールという文字を見るまで酒を飲もうとも思っていなかったけれど、冷えたビールは涙が出るほど美味《おい》しく感じられた。朝からまともに水も飲んでいなかったせいでトヨの血中アルコール濃度は急上昇し、額のうらにべったり張りついていたもやのようなものが、しゃきっと取り払われたような快感があった。

それからふたりは、それぞれスマートフォンを触った。

トヨは、チャンリイかモエシャンがさっきの面接のことを何かつぶやいたり、ストーリーズに上げていないかと思ってチェックしたけれど、何もなかった。ネットショップのダイレクトメールが何件か来ているだけで、ラインもなかった。ソファの毛羽立ちが太股《ふともも》の裏をちくちく刺激して、グラスのなかでは黄金色のビールが細かな気泡に揺れていて、その濃淡を見ていると自分が水の干上がった岩場にでも座っているような気持ちになった。

トヨはスマートフォンを触りながら、ちらちらと目をあげてマリリンの顔を見た。マリリンは普通にしててもびっくりしているような目を、何度もしばたたかせて画面に見入っていた。こうしてあらためて見ると、顔じゅうに何種類ものラメがぶつかるように飛び散っており、メイクのほうもすごかった。

でも、べつに長時間一緒にいるわけでもないのに、はじめてパウダールームでマリリンの顔を見たとき、そしてホテルの部屋の前で間近に見たときに受けた衝撃は不思議なことに薄らいでおり、さっきほどのどきどきは感じなくなっていた。

「……たいへんな女の子が、ふえてるから、ちょっと、たいへんになったのかも」

マリリンは困った顔で笑い、ビールをごくごく飲んだ。

「みんな、いま仕事がなくなってて……」

マリリンの話しかたは、ちょっとなんでなのかと思うくらい遅く、うーん、と相槌を打つときや、母音に、やわらかく間延びした独特の抑揚があった。顔は基本的に困ったような表情で、眉尻《まゆじり》がぐんと下がって、ぶあつい唇が左右にきゅっと引っ張られ、濡《ぬ》れたような艶が表面をちらっと移動した。わたしはなんで今、このぜんぜん知らない子とビールを飲んでるんだろうとトヨはいっしゅん思ったけれど、しかしそのことじたいに嫌な感じはしなかった。とはいえ、ずっと緊張がつづいているせいでトヨの喉は飲んでも飲んでも潤《うるお》わず、筒のような太いグラスになみなみと入っていたビールはすぐになくなった。マリリンのグラスもおなじタイミングで、空になった。ふたりはまたおなじものを注文して、それもまたすぐに空になった。

「酒飲めないと、そもそもギャラ飲みってきついですよね」

トヨは頭に浮かんだことをそのまま口にした。

「っていうか、わたし今すごく喉渇いてて一気にビールとか飲んでるけど、べつに強くないんですよね。っていうか、あんま飲めないし。さっきあそこで言われたのとべつの意味で、なんでおまえDMとか送ってんの、っていう。なにしに、っていう。なんか自分でも意味不明的な」

「いろんな子が、いるみたいだけど」

マリリンの声はどこか聞き覚えがあるというか、知ってる誰かの声に似ている気がしたけれど、それが誰なのかは思いだせなかった。

「でも、ブスはいないよね」

「うーん」

「っていうか、マリリンさんはメンタル削られないの。鬼スルーでしたけど」

トヨは訊いた。さっきホテルで、マリリンは名前を訊かれる以外はいっさい絡《から》まれなかった。あれこれ言われたのはわたしだけで、マリリンは彼女の目にまるで存在すらしないみたいな感じの扱いだった。あれはあれできついと思うんだけれど、そうでもないのか、どうなんだろう。

「削られは、あんまり……ないかなあ」

マリリンの整形にはかなりの金がかかってるはずだった。わたしとおない年なのに、いったいどうやって金を準備したんだろう。水商売なのか風俗か――トヨはネットで整形、美容アカウントを細かく追っているという自負から、彼女たちの生活や愚痴や交友や、人間関係に濃く触れているつもりで、色々なことに通じているような気になっていた。けれど、こうしてマリリンを目の前にすると、自分が現実的なことを何も知らないどころか、こういうときに適切な質問のひとつも思いつくことができなかった。水商売はともかく、風俗店で働いているかもしれないような友達も、マリリン級に整形をしている友人や知人だってひとりもおらず、これまでじっさいに会ったこともなければ話したことすらなかったのだ。

「……SNSとか見てると、頂き女子とかさ、キャバとかやりながらユーチューバーとかと絡んで、年商何億とかの社長もやってるとかって女の子、いるよね」トヨは言った。「あれ、ほんとだったら、なんか、すごいよね」

「すごい」

「でも、マリリンさんも、ちょっとすごい感じするけど」

「わたしは、べつに、すごくないよ」

マリリンのスマートフォンがブッと鳴って、それからまた、それぞれの画面に見入った。トヨは、インスタグラムで更新されているポストや、ストーリーズや、リールなんかを適当にスクロールしていった。

トヨのふだんの閲覧傾向から選ばれる関連動画や画像が次々に流れてくる。ぱんぱんに腫《は》れたダウンタイム中の女の子の顔、TikTokの一問一答、ヴィトンのロゴいっぱいのセーターを着た女の子の笑顔、「顔短い女みると死にたくなる」、高級肉、三日したらすべての色が落ちてしまいそうな虹色《にじいろ》にカラーリングされた髪、「しあわせに生きるために必要な20のこと」、「ブスな日本人vsイケメン外国人」、歯列矯正のビフォー・アフター、「うつ病頻出症状七選」、もっとすごい高級肉、「即効性あり・一週間で二の腕が激変する簡単筋トレ」、シャンパンタワー、「男性がキュンとする11の言葉」、ナーズとディオールの新色比較、大きな犬、ヒアルロン酸を顔中にえんえん打ちつづける施術動画、「ぶくぶく太る夜ご飯」、夢みたいにきれいな外国人、「本音を言おうとすると涙が出てくる人は」。

「マリリンさん、どういうの見てます？」

「わたしは、最近、骨のやつ、みてる」

「骨のやつ？」

「うーん。首の骨とかね、腰の骨とか、ぼきぼきやるの。ほねおと」

「あ、これっすかね」

トヨはインスタで検索して見つけたリールを見せた。

「あー、それー」

「うっわ、すごい音」

「はやってるの。いつか、やってもらえたら、いいなあって」

「でもこれ、今の時期、濃厚接触み、がんがんあるよね。でもマスクしてるからいけんのか」

「わたしも、いちおう持ってるよー、あんまりつけないけど」

マリリンは、ピンクのバッグからスヌーピーの柄のついたマスク入れを取りだして、トヨに見せた。

「スヌーピーじゃん、かわいい」

「かわいいー」

「でも、今どっこも売ってなくない？　買えた？」

「昔から、マスクは持ってるから」

「あー、ちゃんとしてる」

「うーん」

「あ、ここ、有名人も来てるね。うわ、すっごい鳴らされてる、えぐいね音。気持ちよさそう」

「これねえ、いっしゅんで顔がしゅって、小さくなるの」

「まじ」

「うーん」

ふたりは、いろんな美容整体師が、いろんな人の首や腰や背中の関節を、派手にぼきぼきと鳴らしまくる動画を見つづけた。体験したひとたちはみんな動画の中で興奮していて、すごーい、やばーい、うわまじ顔変わったあ、というような感嘆の声をあげていた。くりかえされる、ぼきぼき音。小さな画面のなかの誰かの体の関節が鳴らされているだけで、自分の体には何も起きてはいないのに、なぜここが、気持ちのいい感じになるんだろう。それがどこかも、誰の体かもわからないのに、あれとこれは、どこで、何で、繋がっているんだろう。トヨはそんなことをぼんやり思った。

「みてみて、銀座のさ、ここみたいに有名人はいないけど、千葉のここの人もやばい。店の手作り感もやばいけど、でもここがいちばん鳴らしてる」

「うわー、すごいかもー」

「これほんとの音かなあ。集音マイクとか使ってるのかなあ。あとから被《かぶ》せたりしてないのかな」

「うーん」

「っていうか、いくらすんだろ、高いのかな。でも有名人とかモデルとかは、どうせただでやってもらってるんだよね」

「うーん」

「見て、この人、これでビル建てたって書いてる。すごくない」

「うーん」

「骨でビルかあ、鳴らすだけなら一日二百人くらいさばけそう。ぼっろいなあ」

「うーん、骨切りとは、ちがうもんねえ」

ほかにも世界の色んな絶景や、額にカメラをくっつけて危険地帯を行く命知らずのインスタグラマーたちや、どじな子犬や子猫の動画をマリリンに見せて、あれこれおしゃべりをした。トヨが何か言うたびにマリリンは笑い、トヨも笑った。大きく見ひらかれたままで固定された目の形とは裏腹に、マリリンの視線じたいは柔らかで、そしてその話しぶりはぽやんとしていて、その感じや声の調子を聞いていると、どことなく懐《なつ》かしいような、じれったいような感じがした。そしてトヨはふと、小学校の頃に仲良くしていたスミちゃんのことを思いだした。スミちゃんはトヨのことをヒデヨシと呼ばなかった数少ないクラスメイトで、冴《さ》えないトヨに負けず劣らず、誰からもさしたる注意を払われることのない、地味でおとなしい子どもだった。

トヨは小学生時代、派手で目立って弁の立つ女の子たちに使い走りをさせられたり、暇なときにどうでもいいことをふっかけられてはいじられるような存在だった。トヨはプライドが高く、そんな自分のことを恥ずかしいと思っていたけれど、スミちゃんだけはなぜかトヨを慕ってくれていた。女の子たちがトヨのことを無視したり、男子のまえで恥をかかせるようなことを言って笑い者にしたときも、スミちゃんはただひとり、変わらずおなじように接してくれた女の子だった。

でも、小学生の頃にはありがちな、そうした主導権を持つ女の子たちの気まぐれと風向きの変化によって、末端ではあるけれど、トヨがそちらの女の子たちの仲間入りを果たしたような感じになったとき、トヨはあっさり、スミちゃんのことを疎《うと》ましく感じるようになってしまった。自分の意見がなく、なぜかいつもくっついてきて、弱い感じがして、ださくて、ぱっとしなくて、何が好きなのかもわからなくて、人の話にいつも肯《うなず》いてへらへら笑うだけのスミちゃんを見ていると、不安とも苛《いら》立《だ》ちともつかない気持ちになった。スミちゃんがそんなトヨの変化に気づいているのか、いないのか――いずれにせよ変わらずトヨに話しかけ、笑いかけてくるスミちゃんに、まるで足をひっぱられているような、そんな被害妄想まで抱くようになっていた。

それでいつだったたか、これもありがちな顚末《てんまつ》ではあるけれど、トヨが入れてもらった女子グループの、トヨよりもひとつかふたつ立場の強い位置にいる女の子が、スミちゃんが何か特別な行事のときに着てきた服を、こき下ろしたことがあった。そしてトヨはその女の子と一緒になって、スミちゃんが泣くまで笑って笑って追い詰めたことがあったのだ。

そのあと、スミちゃんがどんな感じでクラスで過ごしていたのか、そういうことは思いだせない。目の前のマリリンは、トヨにスミちゃんを思いださせた。スミちゃんてどうしてるんだろう。ぜんぜん知らない。中学校に上がってからは、道とか廊下とかを歩いてるのを見たことあるけど、けっきょく一回もしゃべらず終《じま》いだった。高校はどこへ行ったんだっけ――とそこまで思いを巡らせたときに、トヨの頭に、ある突拍子もない考えが、ぽんと浮かんだ。

もしかして、このマリリンが、スミちゃんだってことは、ないよね？

まさかまさかと思いながら、トヨはマリリンの顔をじっと見た。

っていうか、スミちゃんって、どんな顔だった？――いや、ぜんぜんまったく、思いだせない。でも、マリリンはこんなに整形をしているわけだから、マリリンの本当の顔だって、わたしは知らないわけだよね。トヨは自分に問いかけた。ってことは、万が一、もしこの子がスミちゃんだったとしても、わたしにそれは、わからないよね。でももしも、この子がスミちゃんだったとしたら、スミちゃんには、わたしのことがわかるよね……だからここまで、ついて来たとか……？

いやいや、ないない、この子がスミちゃんだなんて、そんなあほみたいな可能性あるわけない。ないよね。ないでしょ。それは、ないない。確率っていうか、そんなふうにできてないでしょ、よくわからないけど、世界って。

トヨはため息をついて、自分のそんな馬鹿馬鹿《ばかばか》しい思いつきを、頭の中から追いやった。そして、自分が、本当にきれいさっぱりスミちゃんの顔を忘れていることについて、考えた。

自分にはもう思いだせない顔。でも、当たり前だけど、スミちゃんは今もどこかで生きていて、そこにはスミちゃんの顔があるはずだった。ここにわたしの顔があるように。思いだすことはできないけれど、今もどこかに、スミちゃんの顔があるはずだった。わたしが思いだせないだけで。

たとえばマリリンは、もともとの自分の顔を覚えているんだろうか。目も鼻もこんなにいじって、唇や額をぱんぱんにして、顎《あご》も、ひょっとしたら頬骨だって削ってるかもしれない。マリリンの顔は、元々は、こうではなかったはずだ。そんなマリリンの最初の顔は、本当の顔は、いったいどんなふうに記憶されているんだろうか。どこに、誰に、どんなふうに、残っているんだろうか。マリリンが、昔の自分の顔を思いだすとき、それは誰かべつの、ほかの誰かの顔を思い浮かべるのとは、違うのだろうか、どうなんだろうか。

でも、わたしだって昔と顔は変わったはずで、年をとって、色々なところが変わったはずで、これからだって変わるはずで。だったら手術して色んなところを変えた顔と、年をとって自然に変わってしまう顔っていうのは、いったいどこが違うのか、違わないのか——トヨの頭には、これまで思ってもみなかったいくつもの疑問が浮かび、それがまた、べつの疑問をつれてきた。

っていうか、そもそも、自分の顔って、考えてみたらやばくない？　自分で自分の顔って、そのまま直で見たことない。みんなが見てるのは、人の顔だ。自分の顔は、誰かがいるから存在するのだ。じゃあ、でも、たとえば、たとえばこの感染症がマックスに激烈にえぐい鬼展開になって、それはもう、とことんまでひどくなって、もう誰かに会うこともなくなって、あるいは無人島とかに送りこまれて自分以外の人がいなくなったなら、顔っていったいどうなるの？　誰も見る人がいなくなれば、顔だって足の裏とかひざの皮とかと、そんな変わらなくなるものなの？　どうなの？　いやいや、ひざと顔はちがうだろ。っていうか究極的にはおなじなの？　そういうことなの？　っていうか顔って、なんなの？

「――うちさあ、実家、しいたけ農家やってるんだよね」

あとからあとから湧《わ》いてくる、とりとめのない混乱を打ち消すように、トヨは言った。あ、覚えてる、水貯《た》めてるとこで遊んで怒られたよねえ――なんてことをいっしゅんマリリンが言ったらどうしようとトヨは思ったけれど、そんなことは起きなかった。

「しいたけかあ。しいたけの味って、どんなだったっけ」

「しいたけの味って、説明しにくいよなあ」

「どうやって、作るの？」

「うちは色々やってたなあ。なんか、いっぱい木を並べてるとこがあって、そこにね、ぼこぼこ生えてくんの。子どもの頃びびったのがさ、電気みたいなの打つんだよね。流すっていうか」

「しいたけに？」

「そうそう、理屈はわかってないらしいんだけど、昔から雷が落ちたら、しいたけがなんか爆発的にふえるってのがあって。なんか数が倍くらいになるとかで。それで誰かが始めて、そっから何万ボルトとかの、電気を打つようになったの」

「人間みたいー」マリリンは笑った。

「どういうこと？」

「わたしも顔に、めっちゃ電気、打つよ、電気バリっていうの。めっちゃ刺して、めっちゃ流すよ、電気ー。やっぱり、意味あるんだねえ」

それぞれグラス三杯のビールを空にして、マリリンは少し、トヨはすっかり酔っていた。背もたれに体を預けたとき、紙袋のざらざらとした断面が肘《ひじ》をこすった。トヨは自分がお土産を持ってきていたことを思いだした。

けっきょく渡すこともできず、持ち帰ることになってしまった、駅前のフィナンシェ。悪い気持ちになる人はいないからね、という母の言葉を思いだして、トヨはなんとも言えない気持ちになった。気持ちどころか、渡すタイミングどころか、面接どころか――頭に浮かんでくる言葉をいちいち確認すると、なんだか胸が痛くなるので、あくびをしながら両手をのばして伸びをして、胸を広げ、そこにあるものを逃してやった。そして、マリリンが、もし友達だったらどうなんだろうと、そんなことを思ったた。新しい友達でもいい、懐かしい友達でもいい、なんだったらお互いに頭をぶつけるかなんかして激しい記憶喪失になったけど、ちょっとの巡りあわせでいまお互いに思いだし待ち、みたいな友達でも、なんでも。これからたまに連絡を取りあって、互いの部屋に泊まりにいったり、愚痴を言いあったり、今みたいに酒を飲んだり、どうでもいいことで笑いあうような友達とかでもなんでもいいけど、わたしたちがそういう友達だったなら、どうだったんだろう。そんな想像が、ふっとよぎった。でもそれはトヨの頭の中をいたずらに横切っただけで、自分がそんなことを求めていないことも、また、そんなふうにはならないことも、トヨにはわかっていた。

「ねえ、小腹すかない？　フィナンシェあるよ」

「食べたいー」

トヨは持ち込んだ食べ物を店の中で食べるのはまずいと知っていたけれど、酔っていたので気が大きくなっていた。何か言われたら謝ればいいし、必要以上に失礼な態度をとられたら、言い返してやればいい。全然いける。全然よゆう。トヨは紙袋の中で包装紙をばりばり引き裂いて、そのまま小さな箱の蓋《ふた》をあけ、中からフィナンシェをふたつ取りだして、ひとつをマリリンに渡してやった。おいしそー、とマリリンはフィナンシェの入った小さな透明の袋を指でつまんで、鼻のまえで小刻みに揺らし、にっこり笑った。白いアイシャドウを盛っていた涙袋が、上まぶたの黒いアイシャドウと混じりあって、見たことのないような銀色に光ってみえた。

やばいー、おいしー、と言いながらふたりはフィナンシェを齧《かじ》りつづけ、おなじひとつの甘さがそれぞれの舌のうえに広がっていった。ほかに客の姿はなく、いい感じに酔いがまわったふたりの声は、大きく響き渡った。

いっぽう、さっきの店員はレジのカウンターの中で、ただでさえ長く美しく生えそろった睫毛《まつげ》をさらに長く美しくしようと念入りにマスカラを塗りながら、最近いい感じに距離がつまってきて、この数日に何かが起きそうな相手に送るラインの中身を考えている途中だった。もし寝ることになったなら、相手が自分に期待していたり想像している以上のものを、見せつけたいし、圧倒したいし、今まででいちばんすごいと言わせたい――小さな手鏡のなかの自分を見つめれば見つめるほど、その恍惚《こうこつ》はいっそう高まる。客席から、女たちの笑い声が聞こえて顔をあげる。そのとき彼女はたしかにトヨとマリリンを見たけれど、ふたりの姿は目に映らない。

花瓶

もうすぐ死ぬと思うので、好きなことを言わせてほしい。誰も聞いていなくてもいいけれど、思いつくまま好きなことを好きなように言わせてほしい。わたしが何かを思ったり、言葉にしたりできるのは、きっともうあと少しのことだと思うから。

わたしは自分が体を満足に動かすこともできない老人なのも知っているし、今が春だということも知っている。このあいだ誰かがベッドの近くで話しているのが聞こえたから。その誰かは嘆いていた。世界ではひどいことが起きていて、たくさんの人が死んでいて、あるいは死にかけていて、どうしていいのか誰にもわからないのだと。でも嘆いているようで彼女はどうして少し愉快そうでもあって、それでわたしは話していたのが誰だったのかを思いだす。わたしの面倒をもう何年もみてくれている家政婦の彼女、通いの彼女、名前を思いだせないときと思いだせるときがある女の人で、今は思いだせないときだから、今は彼女は名前のわからない人だ。今日よりも、さっきよりも気持ちがまだはっきりとしていた頃、床に這《は》って拭《ふ》き掃除をしたり、シーツを畳んだりする彼女を見ていると――とりわけその大柄な後ろ姿を見ていると、若かった頃の自分の体を思いださずにはいられなかった。彼女は体じゅうに張りきった肉を身につけ、たっぷりとした黒い髪を垂らして汗をかき、頬はいつも自然に紅潮していた。

わたしは彼女の性交をときどき夢想した。いいえ、ときどきどころか、彼女のありとあらゆる性交を、わたしは数え切れないほどに夢想した。うまく体が起こせなくなってからは、そして親しかった人たちがもう誰も寄りつかなくなってからは、毎日のように耽《ふけ》っていた。今日からいちばん近い日に彼女のあの大きな体を楽しんだのはどんな男で、そして彼女はどんなふうに男の体を楽しんだのかを夢想した。その夢想のいちばん甘い部分の力を借りて、わたしはかつてわたしの身に起きた、おぼろげな性交の肌触りを手ぐり寄せて、もう一度それが味わえたらと必死になった。うまくいけば、つぎはぎにひきのばしたその余韻のなかで、曖昧《あいまい》にゆるやかに眠ることもできた。けれど目覚めると、わたしはいつも老いた体にひとりでいる。

変わっていないなら一日はまだ二十四時間で、たぶんそんなに遠くないうちに死ぬのだと思う。だから好きなことを言わせてほしい。わたしの好きな年齢で、好きだったときの年齢で、わたしがいちばんわたしらしいと感じていた、わたしがわたしだった時代の話を、好きな言葉で言わせてほしい。誰も聞いていなくても構わない。たとえば、そちらからわたしはどう見える？　板切れのような胸と血管の浮いた茶色い腕、落ち窪《くぼ》んだまぶたの奥で、眠っているのか起きているのかそれすらわからないでしょうけど、でも違う。そちらからは見えないだけで、わたしはわたしの体の中で、移動し、思いだし味わって、活動している。そして死はべつに怖くない。もう何年も痛みらしい痛みはないし、昨日と今日を区別するための必要も目印もなく、ままならない体とは裏腹にどこまでものびてゆく漏れてゆく何かがあって、わたしはそちらに、そっているから。家政婦の彼女の話だと世界では悪いことが起きているようだけれど、でもそれは世界の話であってわたしの話ではなさそうだった。世界とは関係なくわたしは死ぬし、世界のほうもわたしとは関係なく死ぬのかもしれない。そういえば、世界の終わりという言葉はあるけれど、世界が老いるという言葉はある？　彼女が近くに来たときにきいてみようと思うけど、声はかすれて音にならない。まどろみが億劫《おっくう》になって少し眠る。忘れる。少し思いだして、また眠ってここに戻る。彼女が近くにいれば、恐ろしいことだと嘆きながらどうして少し愉快そうなのともきいてみたい。ともあれ、死は訪ねていけるような場所ではないよ。ただ、ここに、体に戻ってこられなくなることそのもの。その戻ってこれなさそのものが死なのだと思う。でもここに戻ってこられないことはもう怖くない。だからわたしは死が怖くない。

そんなに多くもない数の男と交わり、すべての人を思いだせる。若い頃に結婚をして娘をひとり産み、育ってからは誰に体を触られることもなくなって、わたしの体はひとりになった。何もすることのない午後は最初の性交を思いだし、紅茶を飲み、女ともだちと他愛《たわい》のないおしゃべりをし、窓をふき、夜はベッドに潜りこんで、また妄想に戻っていった。でもそれは、わたしをどこにも連れてゆきはしない。わたしが思いだしていたいのは、ただしい性交ではない性交、まっすぐではない、それは誰にも言えない性交で、ここで、わたしはわたしの時代に移動する。それは夫とではない性交で、わたしには夫ではない男と性交をしていた短い日々があり、そこでわたしは傷つけもすれば嘘《うそ》もつき、言ってはならないことを言い、色んなことを考えて、何も考えていなかった。

すごく唇が赤い日があった。あれはわたしが三十九歳だった二月の終わり、わたしは三十九歳で、わたしたち以外には誰も辿《たど》りつけないような場所だった。相手とわたしはどこで出会って、どういう事情で、あの昏《くら》い時間を過ごすことになったのだろう。細かなことは思いだせない。ともあれわたしたちは出会い、たびたび長い時間をかけて性交をして、それは誰にも知られることのない時間で、場所で、それはできごとそのものだった。

家族が寝静まる頃に帰宅したあの温かい夜、何も塗り直しもしないのに、唇が真っ赤に充血していて驚いたのを覚えている。目のまわりの化粧はすっかり溶けてひどい顔をしていたけれど、それでも鏡に映ったわたしは満ち足りた表情をして、とても生きているようにみえたのだ。唇が燃えるように赤いだけで、自分がすごくいいもののように映ったのだ。そういうものが、赤さが、熱が、自分の中から出てきたことにわたしはとても動かされて、わたしは鏡の中の自分からうまく離れることができなかった。そして彼には勢いがあって、勢いは彼の、勢いというのは彼の、最初に抱きあうときのあの感じのことで、彼は側《そば》にいる誰かと誰かの境界を曖昧にさせてゆくようにこちらにやってくるのではなく、何かの力を借りて、そう、彼は、やってくるという感じだった。わたしにやってくるという感じだった。わたしたちは互いのみわけがつかなくなるくらいに交わったことがあったけれど、でも、うまくいかないときもあった。そして帰りは、いつも死にたくなっていて、完全にすごく死にたくなっていて、その死にたさとわたしのどちらが強いのか、本当はどちらが強いのか、それを確かめるために、わたしは彼と会っていたのかもしれなかった。わたしは彼と交わることにときどき夢中で、おそらく彼もわたしと交わることにときどき夢中で、遠いいつか、今このそれぞれの体に起きていることをそれぞれに懐かしく思いだす、そんな時代がくるのだろうかと交わりながらその最中、わたしはそんなことをよく考えた。彼の体は、まだ世界のどこかにあるだろうか、どうだろうか。わたしの時代のあの日々は、どこかに残っているだろうか。なぜ今も、わたしは思いだすのだろう。彼と交わっていたあの日々に、あのときわたしに満ちていたすべての死にたさよりも、生き残った何かがあったということだろうか。

家政婦の彼女がやってくる。

わたしは顔を傾けてふたことみこと言葉を交わす。彼女は椅子《いす》に座って新聞を広げ、わたしのためにいくつかの文章を読みあげる。わたしのために、日づけ、今日が何年のいつであるかを穏やかに証明し、いくつかの数字、死者の数、死にかけている人の数、雲の動きを話してくれる。誰も性交の話はしていない。誰も、思い出の話はしていない。でもわたしはわたしの時代の性交の話をしていたい。わたしが言葉にすることでしか存在しない思い出について、そして遠からず消えてしまう思い出について話していたい。

　彼女の大きな体の後ろに、花の入っていない花瓶が見える。彼女は盛りあがったぶあつい胸に、たくさんの汗をかいている。彼女はまるで茹《ゆ》であがったばかりの柔らかな桃色の肉のように明るく色づき、鼻先や顎《あご》から雫《しずく》が滴《したた》っているようにみえる。わたしがわたしの時代だったころ、わたしが肉で、わたしの時代だったころ。

　ねえ、どうして花瓶に花が入っていないの、とわたしは小さな声できく。

　彼女は新聞から顔をあげて、素敵な花がなかったからと肩をすくめる。飾りたくなるような素敵な花は、もうどこにもなかったのだと。

　わたしは素敵な花とそうでない花を想像するけど、うまくはいかない。あのね、と彼女が言う。わたしが来られるのあともう少しなんです、と彼女は言う。来月からは、べつの人が来ることになりました。

　ねえ、とわたしは勇気をだして言ってみる、あなたを見てると、色んなものを、思いだすの、そこで喉《のど》がひっかかり、生ぬるい水を渡してもらう。グラスに指が歪《ゆが》んで映る。わたしが飲みくだすのを見届けて、そうなんだ、と彼女は何度か肯《うなず》く。

　昔のこととか？　若いときのことですか？

そう、わたしが三十九歳のころ。夫じゃない人と会っていたときのことを思いだすのとわたしは言う。

へえ、と彼女は声を出して笑う。いいですね、そういうの。こういうときに思いだすのって、子どものこととか、そういうことじゃないんですね。なんか女って感じでいいな。

いつもは思いださないの、でもあなたが来た日は思いだすの、とわたしは言う。唇がとても赤くなった夜があって、あなたを見てるとそのことを思いだすのとわたしは言う。

そうなんだ、唇が赤いって、メイクの話？　というか、わたしたち、こんなに話するのって初めてですよね。彼女は隙間《すきま》だらけの歯を見せて笑ってみせる。でもね、家にいるのも悪くないですよ。いま外はほんと、いろいろ大変だから。わたしもずっとベッドの中にいたいくらい。でもそういうわけにもいかないし。つぎの働き先は倉庫なんです、きつそうだけど住むところがついてるから、まあいいかなあって。

わたしは何度か肯いて、ねえ、ここに来る最後のときに、唇を赤くしてきてくれない、と言ってみる。何ですか、彼女が不思議そうにわたしを見る。唇を、とわたしは言う。あれ、なんだろう。ああ、少し疲れちゃいましたかね。少し声を高くして彼女が聞き返す。ねえ、わたしがちゃんと生きていた、わたしの時代の、とわたしは言う。でもそれは声にならずに、彼女は花瓶を胸にかかえて部屋を出る。

淋《さみ》しくなったら電話をかけて

カレーを食べている老婆《ろうば》がいる。皿にスプーンがぶつかる音がしている。これはふれる音ではなくぶつかる音だ。あなたは立ち上がって老婆の席までゆき、その手からスプーンを取り上げて床に叩《たた》きつけてやりたくなる。

それからふと自分もおなじものを食べてみようという気になる。ついさっきしっかりした量の昼食を食べたばかりなのに？　それはどう考えてもおかしい。四十一歳の女が食べる量でもタイミングでもない。喫茶店じゅうにカレーの匂《にお》いが漂っている。老婆の咀嚼《そしゃく》する音が耳に絡《から》みつく。匂いが食欲を刺激しているわけではない。そもそも胃はもういっぱいで刺激される食欲など今のあなたのどこにも残っていないのだ。どう考えたってこれ以上は何も入らない。さっき食べたもののことを考える。胃の中に収まったばかりのものを思い浮かべる。牛丼《ぎゅうどん》か焼きそばかを迷って、そのどちらでもない焼き肉弁当を買って駅前のベンチに座って食べた。甘辛いたれが弁当の仕切りから漏れて白米をすっかり変色させていた。でもそれらはどこか観念的で、自分の胃や味や記憶とまったく関係のないただのイメージであるように思えてしまう。そしてあなたはカレーを注文してしまう。

左隣の席には携帯電話で小声で話している女の客がいる。

十本のうち八本の指に指輪をつけていて、頭がおかしいんじゃないかと思う。どうして喫茶店でまわりを気にしながら喋《しゃべ》るだけのことに、こんなにたくさんの指輪を嵌《は》めてやってくる必要があるのだろう。あなたは彼女に注意してみるところを想像する。静かにしてもらえませんか。店内で通話が禁止されてるのを知らないんですか。暖色の強い照明が彼女の前頭葉あたりを直撃している。脂《あぶら》ぎって濡《ぬ》れたようになっている頭皮を見て、女も禿《は》げるんだなとあなたは思う。あなたは前髪をかきあげる。女はまだ話している。あなたがちらちら見ているせいか、女はさらに声を小さくして背中を丸める。いい加減、電話やめたらどうですか。注意された女は会釈《えしゃく》しながら小走りで店の外に出るか、わたしを無視して話しつづけるか、どっちの行動に出るだろう。でも、とあなたは思う。ほかの席ではほかの客が、もっと大きな声でどうでもいいような話をしているのに、なぜ携帯電話になるとだめなのだ？　何ですか？　みんな話しているじゃないですか。もしわたしが彼女なら、わたしにそう言い返すだろうとあなたは思う。あなたは女に代わってあなたに抗議するところを想像する。あの人たちのお喋りとわたしのお喋りになんの違いがあるんですか？　目の前に相手がいるなら問題がなくて、ひとりだからだめなんですか？　いいえ、脳が対話相手のいない対話を病的だって認識するんですよ。あなたは女にそう答える。わかります？　だからあなたは病気みたい。それとあなたの声のせい。

動悸《どうき》がする。コーヒーなんか飲むんじゃなかった。無理して。いや、無理なんかしていない。ただ飲まなければよかったとあなたは思う。左奥のボックス席にはほとんど老人に近い女の客が数人座っていて、ときどきわっと声があがるくらいに盛りあがっている。昼下がり、暇な女だらけで嫌になる。そのうちのすごく太ったひとりが身ぶり手ぶりを使って大きな声で話をしている。色が白くてだらしがなくて、ひらがなのでぶというのがぴったりだ。紫色のスカーフみたいなのを首に巻いているから、むらさきでぶだ。今度移るところ探してるんだけどねえ。どうも病院の話をしているようだ。そうなのよ、死んでるっていうかただ生きてるっていうだけだからねえ。だから今の時期でよかったのかも。あなたは水を一口飲んで、むらさきでぶの話を頭の中で繰り返す。むらさきでぶは誰の話をしているんだろう。死んでるっていうか、ただ生きてるっていうだけの人。口調がどこか他人事《ひとごと》なのがあなたは気になる。どうでもよくて、でも新しい病院を探すくらいはしなくちゃならない関係の誰か。死んでるっていうか、ただ生きてるってだけの誰か。指輪の女はまだ話しつづけている。

テーブルにどんとカレーが置かれたときに、あなたは自分がカレーを注文していたことを思いだす。メニューにさっと目をやってカレーの値段を確かめる。八百五十円。いらない。全然いらない。胸の底から溜息《ためいき》をつく。息を吐けば吐くほど手足も胴体も重くなり、古くて巨大な尻《しり》が椅子《いす》にめり込んで、おなじくらい古い椅子が壊れながら床にずぶずぶと沈んでいきそうだ。あなたはそうした思いを塗りつぶす勢いでカレーをかきこむ。涙がにじむ。水で流し込む。くりかえす。レシートを握りしめてレジで金を払い、まるで誰にも見えない人波を泳ぎ切るようにして店を出る。

風が吹いている。空は薄い青にどこまでも広がって雲ひとつない。こういうとき、あなたはいつも自分がいる季節がわからなくなる。あるいは次に向かう季節が。秋だった？　そして一瞬あとに理解する季節は春だ。今は春。あなたはべつに外に出たかったわけではなく、部屋に食べるものがなかったから仕方なく靴を履き、玄関の鍵《かぎ》を締めてアパートの冷たい階段を降りていった。あなたは階段の手すりをつかみながら、すべてが冷蔵庫とそっくりだと思う。駅前のスーパーまで歩いてきて、自動ドアの前まで行くとそこですべてが億劫《おっくう》になって、けっきょく焼き肉弁当を買って食べた。それで今。春なのに風は冷たい。春だけど風は冷たい。ただ歩いているだけのことが何かどうしようもないものを、宛《あて》のないものをひきずっているようにしか思えない。しかもそれは自分のものでもない荷物なのだ。これはいったい誰から預けられたものなのだろう。いつか誰かに返すのだろうか。どこかに置き去りにできないものか。家に帰ろうか。するとネットの求人サイトや登録画面の小さな文字や紙くずみたいなデザインの白さが頭にぱっと甦《よみがえ》り、あなたの気持ちは暗くなる。最初からもう充分すぎるくらいに暗かったのに、暗くなることでまだ暗くなる余地があったことを思い知らされるようなそれは暗さで、あなたの気持ちはあなたの知らなかったそんな暗さで満ちてゆく。行きたい場所も理由もないまま、足を進める。踏切を越える。電車がすごい勢いで通過していく。鉄はいつも塊で、踏切はいつも甲高く、そして例外なく黄色い。

　ドラッグストアが目に入って、あなたは一瞬マスクのことを考える。買っておいたほうがいいのかもしれない。照明に吸い寄せられる蛾《が》のように中に入ってマスク売り場に行くけれど、品切れ、入荷時期未定、と書き殴られた紙が貼《は》られている。その大きくて丸っこい字を見ているると、今頃のこのこやってきて残ってるわけないだろうが馬鹿《ばか》、と苛立《いらだ》ちまぎれに暴言を吐かれた気持ちになる。なんだよ偉そうに。マスク。マスクか。どれくらい必要なのかな、とあなたは考える。でも、してもしなくても一緒だって、誰か言ってなかったか？　本当のところはどうなんだよ。どいつもこいつもテレビとかで大金もらって偉そうなことばっかり言ってるわりにあぁでもないだのこうでもないだの、けっきょく誰も何もわからないなんてどっちが馬鹿だよとあなたは胸の中で舌打ちする。

向こうから親子が歩いてくる。女の子と母親。まだ若い母親はきれいに化粧をしていて肌は光を受けて輝いている。あなたはギンガムチェックを思いだす。薄い桃色のギンガムチェック柄。あの女の子くらいだったときにあなたが着ていたお気に入りの服の柄だ。少し厚手で、毛羽立ちがあって、丈の短いベストとキュロットパンツの上下の揃《そろ》い。これくらいの時期に着るのがぴったりの。同時にそれを着て母親と写った古びた写真のことも思いだす。あれも春。あのとき母は何歳だったんだろうと、つまらないことを考える。そしてあの服はいったいどこに行ったんだろうと思う。自分で捨てた記憶はないけれど、体は大きくなるから知らないまに着られなくなって、着られなくなったらそれはもう気に入っていた服ではなくなって、だから消えてもそのことに気づかないまま、長い時間を移動できる。思いだす機能はやっかいだとあなたは雰囲気として思う。もしも色んなことを思いださないでいられるならば、この憂鬱《ゆううつ》の半分はこの憂鬱の顔をしていないだろうとあなたは手触りとして思う。ふいにげっぷが出てカレーの匂いが膨らんで、あなたは思わず顔をしかめる。そしてそのあとギンガムチェックはあなたの記憶を去ってしまい、失われたその服のことをあなたが思いだすことは二度とない。

パン屋、郵便局、電柱、歯医者、角、神社、看板、駐車場。あなたはあなたの左側をゆっくりと流れてゆくものの名前を読みあげ、家とは反対のほうへ歩いていく。服を着た犬を散歩させているカップルとすれ違う。道路を挟んで向こうの通りにはキリスト教系の幼稚園があり、どこからともなく子どもたちの声が聞こえてくる。小さな教会が併設されたその幼稚園の入り口には大きな黒板があって、そこには毎日、「今日の神の言葉」が書かれている。あなたはその内容に関心を持ったことはないけれど、独特な感じがするその白い書き文字に、どんな人が書いているのかを一度だけ想像してみたことがある。こうしたフレーズみたいなものを書く仕事は教会の中でどういう位置にあるのだろう。偉い仕事なのか、ただの雑務なのか。書きたい人がいるのかいないのか、字の上手《うま》い下手で決められるのか、あるいはこういうものを来る日も来る日も書きつづけて人の目に触れさせることで、何かが加算されたりするのだろうか。何というか、神とか、そういうものにたいして。

風は強くなる。それは誰の目にも見えないが、風が吹きつけるたびにあなたと世界の境目は微《かす》かに乱されつづけている。河の流れが長い時間をかけて石の表面を侵食しその形を変えてゆくように、あなたの輪郭もまた削られさらされ、あなたではない場所へ拡散している。ウイルスって風で飛ばされると効力がなくなるんだっけ、どうだったっけ、あなたは前方を睨《にら》みながら考える。おなじ年か少し上くらいの男とすれ違う。相手はあからさまに眉根《まゆね》を寄せてあなたを避ける。あなたは五歩くらい進んだあたりで足を止めて振り返り、そしてすぐに、そうか、わたしがマスクをしていないからかと思い当たる。売ってないものをどうやって買えって言うんだよ。そしてふと自分が感染したらどうなるんだろうとあなたは思う。でも、それはうまく想像できない。死ぬのは年寄り、死にかけるのも年寄り。だとしたらわたしはおそらく死なず、まだ死ねず、入院しても退院して、空箱を並べていくような日々が変わらずつづいていくだけだろう。もし熱が出たとしても誰にも言わないだろうとあなたは思う。わざわざ正直に言ってやる義理はないとあなたは思う。医者にも行かない。怖がることじたいが何かの罰なのだとあなたは思う。こんなのは祭りとおなじだとあなたは思う。何でもいいから騒ぎたいだけ。何もないから。でもわたしは違う。べつに死にたいわけではないけれど、生きていたいわけでもない。どっちにも、何にも期待していない。だからマスクだってしてない。必要ない。誰でもいいから生きつづけたいと願う人を捕まえて、そのことをわからせてやりたい気持ちになる。でもあなたと目を合わせる人は誰もいない。

町には色んなものがあるとあなたは思う。とくに多いのは病院とそれにまつわる様々だ。歯医者、小児科、眼科、調剤薬局を、いま歩いているだけでいったい何軒見ただろう。そんなに大きくもない町の中になぜこんなにも病院が必要なのだろう。自動販売機じゃあるまいし。ひしめきあう病院たち。医者同士は知りあいなのか、どうなのか。嫌いあっているのか、そうでもないのか。新しい病の流行は彼らにとって歓迎すべきことなのか、そうでないのか。人が死ぬことのできない小さな病院たち。電話と財布を入れたショルダーバッグを後ろに回し、両手をポケットに突っ込んで横断歩道をふたつ渡って右に折れ、あなたはあなたにとって、これまでもこれからも何にもならない道を歩いていく。帰ろうという意志はないけれど、足は無意識にアパートのほうへあなたが向かうように動いている。行くところがない。あなたには行くところはどこにもない。体はその事実に気づいているが、あなた自身には決して気づかれることがないように、あなたはあなたを気遣いながら、いくつかのふりを混ぜあわせながら歩かせる。ひとりで、自由で、責任を負わず、自分以外には心を割かなければならない人は誰もおらず、何かを決めて、自分のためだけに何かを決めることができて、こうして自分を歩かせているのは、わたし自身であるのだと。

少し先に救急車が見える。走っていない、目的と目的のあいだで待機している救急車の白さはいつにも増して鈍くみえる。さっきの通りにたくさんあった個人医院ではない、少し大きめの病院が見えてくる。なんとか人が死ぬことのできる病院だ。古い煉瓦《れんが》で覆《おお》われた、色んなところが錆《さ》びている外観を見ていると、まるで最初からここに用事があったような気がして、あなたは見舞うべき誰かがいる人が身につけた、慣れと億劫さを借りて羽織って中に入る。受付の小窓にはうす黄色のカーテンが引かれ、カウンターには診察券入れ、申込み用紙の平たい形をしたクリアボックスが置かれ、そんなに広くない待合室には誰もいない。左奥には廊下が見える。その手前には階段がある。宙吊《ちゅうづ》りになったテレビにはワイドショーが無音のまま流れている。

あなたは茶色いビニルの長椅子に座って、自分の電話を手にとる。SNSの一通りを素早く見て、どうでもいい記事や写真を人差し指で滑らせれば、あっという間に三十分が経《た》っている。呼吸が浅くなっていることにあなたは気づかず、それがもたらす停滞が、落ち込みが、あなたの肺をいつもどおりに、重く低く満たしてゆく。部屋に戻って、今日はもう眠ろうとあなたは思う。何ひとつ出来事は起きていないのに、すべての出来事が期待はずれで、それでいて裏切られた気持ちになる。下まぶたと眼球のすきまがみるみるうちに盛りあがり、喉《のど》のあたりに小さく渦巻くものがある。自動ドアは大げさな音を立てて開き、あなたを灰色の道路に放りだす。あなたを撥《は》ね飛ばす車がやってくるのは今ではないし、ここでもない。来た道を戻る。救急車の奥、非常口のわきでひとりの女が泣いている。電話を耳にあてながら泣いている。あの電話が、泣いている女の手にした電話が、実は誰にも繋《つな》がっていないことを想像する。あなたは忘れているけれど、ずっと昔にあなたもそうしたことがあったので。

部屋に戻る。あなたを急《せ》かすものは何もないのに、居てもたってもいられないような気持ちでベッドに寝転ぶ。永遠に変わることがないような、家具や色やカーテン。あなたの位置から見えるすべて。仰《あお》向けになったあなたは電話をつかんで目の前にかざし、他人の彩《いろど》りあふれる生活の写真や、読むことのできる言葉のつらなりを、際限なく目に入れてゆく。ぜんぶがおなじでぜんぶが違い、ぜんぶが光ってぜんぶが苦しい。全体としての白痴、全体としての盲目、全体としての同意、全体としての加担。

あなたが見つめる画面には、知りたいものも読みたいものも、知るべきことも読むべきものも本当はありはしないのに、あなたはどこからも目を逸《そ》らすことができないでいる。瞬《まばた》きするごとに虚《むな》しさが滴《したた》り落ちていく。目も頭も、毛穴も内臓もいっぱいになりながら、あなたはあなたの足を摑《つか》んで逆さに振って、この中にあるもの、溜《た》まったものをすべてかき出して空にして、内側をきれいな布か何かで拭《ぬぐ》って、もう一度、すべてを最初からやり直せたらいいのにと思う。しかし不可、それは不可。あなたはあなたの現実と不安を追い払うように指のはらで画面の表面をこすり、タップし、瞼《まぶた》に力を入れてひきあげて、どうでもいい誰かの事故、誰かの発表、誰かの意見、誰かの反省、ありとあらゆる文字と写真にまみれた疲労で、あなた自身を膨らませてゆく。清楚《せいそ》な雰囲気で売っていた女優が不倫をして盛大に干されて、膨大な違約金を支払い終わって何年かが経った今、実業家と結婚して妊娠中。三億円はくだらない豪邸を都内の高級住宅地に建築中。三十代キャリア女性が語る年収一千五百万円の生活。上を見るときりがないです。最低でも二千万円稼がないと余裕なくって。セレブ婚を今日も夢みる四十代女性たちの壮絶な勘違い。それら記事の下にどこまでもぶらさがる無名の言い分、無数の鬱憤、意見に助言に苦言に感想。不倫女優にどんな需要があるんですかね。二度とテレビに出てくるな。おまえら全員たまたま運がいいだけなのに、底辺見下して気分よくしてんじゃねえよ。わたしの結婚は本当に夫を好きで愛しておりました。相手を愛《いと》おしいと思う気持ちは？　いったいいつからこんな悲しい時代になったのでしょう。身の程知らず。セレブ婚できるような何かが自分にあると思ってるの笑えるわ。自己中だからその年まで売れ残ってることに気がつかない時点でおまえの人生終了だから。いつもどおり、あなたは読んだものすべてにライクボタンを押す。

あなたは少し眠る。電話を充電器につなぐ。細いコードを流れる見えない電流を思い、あなたはいつか腕に刺さった点滴の、うっすらと血が逆流したチューブを思いだす。次の派遣先の登録をしなければならないが、あと一日、もう一日いいだろうと思いながら腋《わき》にいやな汗をかいて一ヶ月が過ぎている。夢は見ない。二時間後、肩の冷たさに目が覚めて、湯をわかしてカップラーメンを食べる。そしてあなたは電話の画面の中である小説家が自殺したことを知る。

それはこの数日において小さくもなく大きくもなく、人々の目に一瞬だけ留《と》まり数時間後には速さの底に沈んでしまう記事だが、あなたにとってはニュースの見出しを見た瞬間、文字通り息が止まりそうになる程度には意味のある人物だ。

あなたは二年前に彼女の小説を初めて読んだ。それは衝撃的な出会いにして発見だった。あなたがいま感じている恐怖、これから感じるはずの恐怖、そうとは知らずに失ってきたもの、そしてこれから失うもの、あるいはあなたが知りたいと思う愛のようなものについてのすべてがその作家の作品には書かれているようにあなたは思った。強く思った。そして彼女に夢中になった。そんなに多くはない既刊本をすべて読み、彼女の書いたどんな小さな文章も見逃さず、インタビューはもちろん、彼女や彼女の作品について書かれた記事にもひとつ残らず目を通した。彼女と生年月日がまったくのおなじであることを知ったとき、あなたは鈍器で後頭部を思いきり殴られたような運命を感じてその甘美さに声を漏らした。きっと彼女と自分の生まれた時刻だって一秒のずれなくおなじであるに違いない、そうあなたは自動的に確信を持ち、いつか必ずやってくるだろう出会いの場面を想像しては溜息をついた。

あなたが彼女を知って半年後に彼女はとつぜんSNSを始め、最初は宣伝だけをしていたが、しだいにその作品やその性格に似合わない、幼稚で弱気な発言を繰り返すようになっていった。眠れません。今からお薬を飲みます。ふう。やっぱり淋《さみ》しいねえ。生きていくなら、濃い絡みしたいよね。愛することって、赦《ゆる》すのとおなじなのかもしれないね。淋しい。淋しいね。淋しいよお。いつまでつづくんだろう。こんな言葉を人目にさらしているアカウントが本当にあの彼女と同一人物なのかとあなたは目を疑った。でも本人だった。なぜ彼女がこんな下らないことを書かなければならないのかあなたは理解できず、そして苛立った。おなじような調子の投稿は日に日に増え、彼女の作品を読んだこともないだろう人たちとのどうでもいいようなやりとりが延々と流れてくるようになった。知る必要もない彼女の生活の側面や、性的なことから個人的な人間関係までが、媚《こ》びとも甘えともつかない言葉で大量に投下されつづけるのを読んでいると、あなたの指先は震えることさえあった。これは何なのだ。彼女は何をしているのだ。これではただの、ただの——あまりの幻滅にあなたの言葉はつづかなかった。フォロワーが数千人の、有名でも無名でもない小説家である彼女。やがて自分のプライベートや仕事とは関係のない出来事やものに対しても、突発的で感情的な投稿や返信をするようになり、不毛な応酬やトラブルは跡を絶たなくなっていった。この一年は新作も書いていなかった。あなたの動揺と落胆はしだいに怒りと攻撃に変化していった。そして彼女は二日前に自殺した。関係者によるとこの数ヶ月、ネットでの誹謗中傷《ひぼうちゅうしょう》に悩んでいたらしい。

あなたはカップラーメンのスープをすするが、味がしない。味がしない、と思うと味が戻り、あなたは誰もいない部屋を打たれたようにさっと見回す。ベッドに腰かけて電話を左手でしっかりつかみ、それからすぐにＳＮＳの彼女のアカウントに飛ぶ。最後の投稿は引用リツイートしたもので、椅子から落ちた子犬がきょとんとした顔で舌を出している動画にたいするものだった。怖かったね、でもかわいいね！　胸を破る勢いで鼓動は速く大きくなっているが、あなたはそれにも気がつかない。素早く、何度も彼女の名前を検索して、そこで話されているすべてを追うのに必死になる。誹謗中傷がすごかった。あれは普通に死ぬレベル。自業自得《じごうじとく》って面もあるよね。向いてない、圧倒的に向いてない。人類にＳＮＳは早かった。もともと精神疾患あり？　自殺じゃないよ、じつは感染して重症だったんだから。日本で最初のまあまあ有名人の死者ってこと？　しょぼくない？　まあとにかく書いたやつは訴えられるから覚悟しとけよ。ネットに匿名《とくめい》なんて存在しないから。辛《つら》そうだったよね。いい年して気持ち悪いなってずっと思ってたわ。心当たりあるやつ、人生終わりましたね。人殺し。おまえだよ。これを読んでる、おまえのことだよ。

　あなたは緊張で指の動きと目の動きを同期させるのが難しくなる。画面を見つめすぎて眼球が乾いて痛みだす。彼女についての情報は十五分もあれば拾える分量だったが、あなたは目を大きく見ひらいて、一時間も二時間もおなじ場所を行き来する。耳鳴りがし、唾《つば》を飲み込む。膝《ひざ》のかすかな震えを振り払うように立ちあがってまた座る。爪《つめ》を嚙《か》む。あなたは自分のアカウントを削除する。電源を切って少し離れたところに放る。けれどまたすぐに手に取って電源を入れ、彼女の名前を検索する。いや、こんなことをしている場合じゃない。すぐに行って、電話を解約したほうがいいんじゃないか。いや、そんなことをしても無駄だ。消しても消えても、記録はすべて残っている。胃がせりあがり、あなたは吐き気を催す。けれど吐いてしまえば楽になるはずの何かはあなたの体から出ようとはしない。あなたはこの数ヶ月のあいだに自分が彼女に向かって書き並べた言葉を思いだす。すべてを思いだすことはできない。でもはっきりと思いだせるものもいくつかある。首を振る。唾がとめどなく出てくるのに痛いくらいに喉が渇き、いつもは臭くて躊躇《ちゅうちょ》する水道水をマグカップに汲《く》んで何度も飲み干す。あなたは自分がパチンコ玉になったような気がする。子どもの頃、あなたはあとからあとから吐き出されるパチンコ玉を、それを見つめる母親の隣でいつまでも見つめていたことがある。自分があの中の一粒に、あの塊の動きそのものになったような気がする。みすぼらしい習慣の中でただ増殖するだけの、粒としても塊としても行き場のない銀色の玉。けたたましい音とともに溢《あふ》れだし、無数に膨らんだ銀色は無機質な圧力そのものとなって彼女を襲う。そして彼女は押し潰《つぶ》されて死ぬ。あなたは蛇口を握ったまま、瞬きもせずに目にただ映る洗剤を見ている。

あなたはショルダーバッグを体にかけ、追われるように部屋を出る。夜の道をふらふらと、それでもまっすぐ駅にむかって歩いていく。昼下がりに入った喫茶店のドアが光っていて、あなたはもたれかかるように中に入る。店主はあなたをちらりと見るがすぐに手元に目を戻し、どんな感情も込められてはいない声でお好きな席へどうぞと言う。お好きな席？　お好きな席って、いったい何だ？　分解し崩れてゆく意味をひきずりながら、あなたは昼間座っていたのとおなじ席にほとんど倒れるように座り込む。両肘《りょうひじ》をつかんで小さく呼吸を繰り返す。そして隣に女が座っているのに気がつく。十本の指のうちの八本に指輪をつけ、禿げかけた頭皮を脂で濡らしていたあの女だ。

女は昼間とおなじように電話を耳に押しつけて、小さな声で話している。あなたは目を見ひらいて女を見る。やせ細ってこけた頰、鳥の足のように尖《とが》った指、つかめそうなほどに浮きでた首のすじ。女はあなたの視線に気がついているのかいないのか、昼間ここであなたが目にした時とおなじように、背中を丸め、小さな声で話しつづけている。あなたは瞬きもせずに彼女を見つめる。そして自分も電話をかけようと思う。いますぐ誰かに電話をかけようと思う。でもあなたには電話をかける相手どころか、ひとつの名前さえ思いだすことができない。あなたは電話の画面に並んだ文字や数字を見つめるが、それはあなたをどこへも連れてゆきはしないし、何も運んではこないし、もう何かを思いださせることもない。あなたを見つめ返すものは何もない。

そのとき、あなたは反射的に女の肩を叩いてしまう。ねえ、ねえ、すみません、その電話を貸してもらえませんか。誰と話しているんですか。指輪きれいですね、何を話しているんですか、素敵ですね、素敵ですよね、いったい誰と話しているんですか。女は驚いてあなたから飛びのき、テーブルの上に散らばった爪切りやメモや輪ゴムやくしゃくしゃになったナプキンをかき集めてバッグに突っ込み、逃げるように店を出ていく。扉にぶらさがったベルががらんとひとつ鳴って閉まる。あなたは手の中の電話を見る。指がふれる。画面は何かを思いだしたように一度だけ光ってみせるが、すぐにまた暗くなる。

ブルー・インク

手紙を失《な》くしてしまったことに気がついたのは、電話を切ったあとだった。

僕は制服のすべてのポケットを探り、鞄《かばん》の中身をそっくりあけ、教科書やノートをめくってどこかに紛れこんでいないか、注意深く調べた。家に着いてからの自分の行動を細かく思いだし、順を追って、トイレもリビングのソファも、帰ってきてから一度も触っていない勉強机の引きだしのなかまで念のために探してみた。けれど、手紙はどこにもなかった。

大変なことになったと思った。真っ白な便箋《びんせん》に並んだ彼女の青い文字が頭に浮かび、それはすぐに怪訝《けげん》な表情をした彼女の顔に変わった。

彼女になんて説明すればいいのだろう。今すぐ電話をかけ直して、ごめん、君からもらった手紙をどこかで失くしてしまったみたいだ、でも君の名前も僕の名前も書いていないから、もし誰かに拾われて読まれたとしても誰のものかはわからない、君が書いたものだってことはわからない、だから、何ていうか、何も心配することはないと思う——そう言ってみることを想像して、溜息《ためいき》をついた。馬鹿《ばか》げてる。そんなことで彼女が納得するわけがなかった。よりによって彼女からの手紙を失くしてしまうなんて。僕は間違いなく、考えうる限り最悪のことをやってしまったのだ。

彼女はデザイン科の女の子で、僕らは一年の夏休みまえに仲良くなった。最初に会ったのは学校の自転車置場だった。校舎やアスファルトや地面が昼間に吸いこんだ熱を吐きだして、そこらじゅうがぐらぐらしてみえる夏の夕方だった。

僕が自転車置場に入っていくと、見たことのない女の子が銀色の自転車のわきでぴくりとも動かずに立っていた。どことなく制服が新しくみえたのと名札に赤色のしるしがついていたので、おなじ一年生だということがわかった。鍵《かぎ》をあけて自転車をひき、門に向かって彼女の近くを通り過ぎようとしたときに、どこに貼《は》ったらいいと思う、と声をかけられた。僕は彼女を見、彼女は手に持った小さなシールをこちらに向けた。どうやら新入生用に配られた駐輪シールのことを言っているようだった。

わかるところなら、どこでもいいんじゃないのかな。僕は少しどきどきしながら答えた。彼女は一度肯《うなず》いて見せ、それからまた黙りこんだ。僕もしばらく自転車のハンドルを握ったまま、どうしていいのかわからず彼女を見ていた。それから少し迷ったけれど、僕は自転車を停めて彼女のほうへ歩いてゆき、ここでいいんじゃないかな、と言って後ろのタイヤの泥よけを指で示した。すると彼女はもう一度肯いて見せ、僕にシールを渡してきた。僕はそれを受けとって、皺《しわ》が寄らないように注意しながらカーブの上にそっと貼った。僕らはしばらくのあいだ、鈍い七色に光る駐輪シールを黙って見つめていた。それから自転車置場で顔をあわせると少しずつ話すようになり、ときどき自転車をひいて一緒に帰るようになった。僕と彼女の家は自転車で十分くらいの距離にあり、方向がおなじだったのだ。

彼女はとても慎重な性格をしていた。あるいはいつも、どこか少しだけ緊張しているような気がした。笑顔でさえ、今から笑うと決心してから笑ってみせるような、そんなぎこちなさがあった。

とくに彼女がこだわっていたのは、書くことについてだった。もう少し具体的に言うと、自分が思ったことや考えていることを書きたがらないことだった。授業のノートや事務的な連絡事項とか、そういった文章を書くことにはとくに問題はないらしい。そうではなく、自発的に何かを書くということを、彼女は慎重に避けているようだった。日記をつけたこともないし、たとえば読書感想文だって、あらすじだけを書くのだと彼女は言った。

「つまり、自分にかんすることを書くのがいやなの?」そう訊《き》いても、彼女はうまく答えられないみたいだった。彼女は会ってじかに話すか電話で会話することを好み、ほとんどの同級生や僕の母でさえ当たりまえに使っているラインやほかのSNSの類《たぐい》もいっさい使わなかった。不便じゃないのと尋ねてみても、べつに困らないと小さな声で返事をした。それでもいつだったか、言葉を選びながら説明してくれたことがあった。

「うまく言えないんだけど」彼女は言った。「書いてしまうと、残ってしまうから」

「残るって?」

「うまく言えないんだけど」

「うん」

「一度書かれたものは、どうしたって」

「うん」

「残ってしまうから」彼女はしばらくして、つぶやくように言った。

「わたしは、それがとても怖い」

残るというのは、記憶にかんすることなのだろうか。それとも物理的な意味なのか、あるいはその両方なのだろうか。そもそも、どうして残ることを怖いと感じるのか――僕は彼女の言ったことについて考えてみたけれど、けっきょくその話はそこで途切れ、そのあと僕たちがそれについて話すことはなかった。

そんな彼女が僕に最初の手紙をくれたのは、二年になったばかりの春だった。

一年のあいだは学校で少し話したり、一緒に帰るだけだったけれど、秋を過ぎて冬になり、二年に上がる頃には休みの日に近所の公園で会ったり、ときどき電話で話をするようになっていた。

ある日の別れぎわ、彼女は白い封筒を差しだした。手紙を書いてみた、と彼女は言った。うまく返事ができなかった僕を見て、彼女は少し居心地の悪そうな顔をした。そして、これにはとくに返事はいらないから、と付け足した。また、持ってくるかもしれない。そう言うと彼女はまるで自分に言い聞かせるみたいに、一度だけ肯いてみせた。

真っ白な便箋に、几帳面《きちょうめん》に揃《そろ》った文字がびっしりと並んでいた。

それは整列と表現するのがまさにぴったりするような真《ま》っ直《す》ぐさで、僕が最初に思ったのは、この手紙を書くのにずいぶん時間がかかっただろうなということだった。

手紙は僕の想像していたものとは違っていて——つまり僕にたいする気持ちとか、彼女がふだんあまり話さないような告白めいた何かとか、手紙にはそういったことが書かれるものだと漠然とした期待があったのだけれど、そこにはどうも、彼女の作った話が書かれているようだった。あるいはそれは、詩のようなものかもしれなかった。はっきりとした主語がなく、ひっきりなしに雪が降っていて、すぐに消えてしまう足跡の大きさを計っている人物がいた。また、誰のものなのかわからない台詞《せりふ》が突然あらわれ、大きくなりすぎて檻《おり》から出られなくなった老いたうさぎの描写があった。三枚の便箋に書かれた文字のどこにも僕の名前はなく、日付も、そしてそれを書いた彼女の名前も書かれていなかった。

何度読んでも、僕はその話の意図するところがうまく理解できなかった。

詩のような、作り話のようなその彼女の手紙は青いインクで書かれており、所々が太くなったり細くなったり、少しだけ滲《にじ》んでいたりした。万年筆で書いたのだと後で彼女が教えてくれた。万年筆なんて触ったことはもちろん実際に見たこともなく、昔の人が使う昔の道具のように思えて、それをおなじ年の彼女が使っているなんて少し不思議な感じがした。彼女の文字たちは便箋のうえで身を寄せあい、彼女とおなじように緊張しているようだった。僕はその手紙を引きだしのなかにしまって、彼女との電話を切ったあとや、ふとしたときに取りだして読み返すようになった。何度読んでもうまく理解できないし、どう読めばいいのかもわからない内容だったけれど、何度もくりかえして読むうちに——その不思議な話はまるで僕にいつかどこかで見た風景を思いださせるように馴染《なじ》みはじめた。手紙を手のなかで広げるたびに、どこか懐《なつ》かしいような気持ちになり、青いインクはいま書かれたばかりだというように滲み、その震えがいつまでも目のなかに残った。

僕が失くしてしまったのは、二通目の手紙だった。

しかも今朝、ほとんど一年ぶりに受けとった手紙だった。僕は思いがけない手紙に気持ちが高まり、トイレに誰もいないのを見計らってなかに入り、封を切ってひらいてみた。青いインクで、便箋は三枚で、一通目とおなじように僕の名前も彼女の名前も日付も書かれていなかった。

彼女の字だ、と思うだけで気持ちが揺れ、何が書かれているのかを読もうとしても、僕の目は彼女の青い文字のうえを脈絡もなく動き回るだけで、内容はうまく頭に入ってこなかった。ここでこのまま読むのは無理だと思い、僕は手紙を封筒にしまった。そして二つ折りにした封筒をブレザーのポケットに入れて——そう、あのとき僕は確かにポケットに手紙を入れた——教室に戻った。

春休みまで一ヶ月を切り、学年末テストを残すだけになった最近の授業は、ほとんどが自習にあてられていた。帰りのホームルームで担任が、新しい感染症について熱心に話し、手洗いの重要さについて説いていた。僕はそれを適当に聞き流しながら、返事を書くことについて考え、その内容についてあれこれと想像を巡らせていた。放課後になるとデッサン室に寄って、一時間くらい続きをやった。いつものように何人かの生徒がいて少しだけ話をしたけれど、一度もブレザーは脱がなかった。コートもマフラーも今日はなし。それで自転車に乗って帰ってきた。家のなかには昨日のカレーのにおいがまだ漂っていた。母さんは仕事から戻っていて、誰かと電話をしながら笑っていた。僕は電話で動画を再生し、それを眺めながらみかんをふたつ食べた。部屋に入って彼女と短い電話をした。そして、手紙を失くしてしまったことに気がついたのだった。

「失くした？」

僕が事情を説明したあと彼女は数秒のあいだ沈黙し、呟《つぶや》くように言った。僕は曖昧《あいまい》な声を出すことしかできなかった。それからふたりともしばらく黙りこんだ。頬に押しつけた携帯電話が熱かった。これはいま急に熱を持ちはじめたのだろうか、それとも彼女に電話をかけ直したときにはもう熱くなっていたのか、そんなことを考えながら僕は電話を右手に持ち替え、それからすぐに左手に戻した。

「考えられることはぜんぶ考えてみたんだけど」

「考えるんじゃなくて」彼女はひとつひとつの発音を確かめるみたいにして言った。

「思いだしてほしい」

「それは」僕は喉《のど》を小さく鳴らして言った。「おなじ意味で。その、思いだすというのとおなじ意味で、考えたって、言った」

「手紙が、消えるということはないよ。どこかにある、学校のどこかに」

「朝早くに行って、探してみるよ」

彼女が溜息をつくのが聞こえた。僕は彼女に聞こえないように慎重に唾《つば》をひとつ飲みこんだ。どれくらい続くんだろうと思える沈黙のあとで、彼女が言った。

「これから、探してくる。学校に」

「これから？」僕は驚いて聞き返した。時計は八時半を指している。「これからって、今から？」

「そう、今から」

そのあと、またふたりとも黙ったままの何十秒かが過ぎた。僕はもう一度時計を見た。八時半。学校までの距離は自転車で二十分ほどだから、行こうと思えば可能だった。でも、学校はあいているのだろうか。あいているかもしれないけれど、しかしあいているということはそこにはまだ教師がいるということだ。顔を合わせるとややこしいことになる。僕がそのことを伝えると、今すぐじゃなくて、もっと夜遅くに行くのだと言う。

「門とか、平気かな」

「たぶん越えられると思う」彼女は言った。「ねえ、デッサンをしてるときに、本当にブレザーを脱がなかったの」

「脱がなかった」

「本当に？」

「うん、たぶん脱がなかった」

「絵に集中していて、無意識のうちに脱いだってことはないの」

僕にはブレザーを脱いだ記憶はなかったけれど、彼女にそう言われるとだんだんわからなくなっていった。彼女の言うように、もし無意識のうちにブレザーを脱いだのだとしてもそれは僕の記憶には残らないわけで、そんなふうにどこにも残っていないものを思いだすことなんてそもそもできないのではないか。そう思いはじめると、ブレザーどころか、今日学校でどんな授業があったのかもろくに思いだせないような気がしてきた。するとほかにも思いだせないことが、つぎからつぎに浮かんできた。担任が今日どんな服を着ていたか。昼食のときに何を飲んだか。誰が休んでいて、誰が休んでいなかったのか。今日はどれくらい寒かったのか、誰とどんな言葉を交わしたのか。あるいは誰とも話さなかったのか。何も思いだせなかった。

僕らは午後十時に自転車置場の門の前で待ちあわせることになった。

電話を切ったあと充電器につないで新しく更新されていた動画を見て、そのあとリビングで母親と昨日のカレーを食べた。つけっぱなしのテレビの情報番組は感染症の話題で持ちきりで、ほんとこれ、どうなるんだろうねえ、と母がスプーンの先を揺らして言った。でもまああんたも若いしわたしもまだ若いから、うちは平気だろうけどね、インフルエンザの親戚《しんせき》みたいなものだって言ってる人もいるし。チャンネルを替えてもおなじ話題ばかりが繰り返されていた。そのうち母親が毎週観《み》ているドラマがはじまったので、僕は食べ終わった食器を流しへ持ってゆき、もうちょっとしたらコンビニへ行ってくるよと言った。そのあと友達の家に寄ってから適当に帰ってくるから。はあい、という母親の声を背中で受けて、僕は家を出た。

さっきの帰り道より空気は冷たくなっていたけれど、どこかにうっすらと春の匂《にお》いが混じっているのが感じられた。もし匂いを見ることができたら、と僕は思った。それはまだらにみえるのだろうか、あるいは帯状にたなびくようにみえるのか、それとも毛糸玉みたいなのがふわりと浮かんでいるようにみえるのか、あるいはそのどれとも違うのだろうか——僕はそんなことを考えながら自転車を走らせた。ときおり見上げる夜空はそんな春の気配のせいで黒というよりは濃紺で、いろんな光の輪郭が穏やかに滲み、ペダルを漕《こ》ぐ足が少しだけ軽く感じられるような気がした。

学校に着くと、彼女はまだ来ていなかった。

僕は自転車の鍵をポケットにしまい、門から少し離れたところに立って、夜の学校を眺めてみた。狭い道路と塀にそってぽつぽつと並んだ街灯と、校舎の頼りない非常灯がいくつかついているだけで、夜の学校という感じがした。こんな時間にここにいるのを誰かに見られると不審に思われるのじゃないかと心配していたけれど、近くの幹線道路を行き来する車の音がひっきりなしに聞こえるだけで、誰もやってこなかった。携帯電話を見ると約束の時刻まであと十分ほどあり、僕はコートのポケットに手を入れて、道路のアスファルトのでこぼことした表面や、側溝に積もった葉っぱの黒い塊や、塀に映った影の模様なんかを眺めていた。そして十時きっかりに彼女はやってきた。

彼女に会ったらまず謝ろうと思っていたのに、顔を見た途端にそのことを忘れ、謝るタイミングをなくしてしまった。彼女は自転車をいったん僕の自転車の隣に停めたけれど、すぐ後で思い直したように道路を隔てた電柱の脇《わき》に停めにいった。

それからふたりで門に近づき、大きな錠がかかっていることを確認した。錆《さび》の浮いた格子《こうし》の隙間《すきま》からしばらく校内を覗《のぞ》いてみたけれど、人の気配は感じられなかった。門は思っていたほどの高さもなく、つかむところも足をひっかけるところもあったので、乗り越えるのはとくに問題なさそうだった。

先に僕が門を越えてなかに入り、おなじように彼女もこちら側へ降りることができた。彼女は黒いワークパンツに黒いタートルネックのセーターを着て、その上にやはり黒いジャンパーをはおって黒いニット帽をかぶっていた。なぜこんな格好をしているんだろうと思ったときに、そうか、学校に忍びこむのに目立たないように彼女がわざわざ黒い服を着てきたのだということに思い当たった。それに比べて僕は何も考えず、いつもとおなじジーンズに適当な色のトレーナーを着て（どちらかというと明るい色だ）、紺色のコートに水色のマフラーを巻き、薄汚れてはいたけれど白のナイキを履いていた。僕の格好を見て彼女がどう思ったのかはわからなかったけれど、でも考えてみると全身黒ずくめで来られるほど、僕は黒い服なんて持っていなかった。

僕らはまず、僕の教室へ向かうことにした。見慣れた校舎の壁や窓ガラスや、ロビーに敷きつめられた煉瓦《れんが》や、掲示板やウォータークーラーなんかの輪郭が暗い青色に浮かびあがってみえた。校内は外から見るよりも少しだけ明るく感じられて、月が出ているせいかも知れないと思った。それらは濃淡のついた影に濡《ぬ》れてぴくりとも動かず、まるで深い湖の底に水没した校舎の絵でも眺めているようだった。

教室のある校舎は門からいちばん遠い場所にあった。一階に食堂と購買部が入っている大きな校舎の長い廊下を抜け、テニスコート一面分ほどの大きさの中庭を越えた、突き当りにある。

廊下に入るとさすがに真っ暗で、僕らは前方に小さく浮かぶ緑色の誘導灯を頼りに進むことになった。彼女は一言も話さず、僕も黙ったまま足を踏みだした。前に進むたびに暗さが増すようだった。彼女の顔も体の輪郭も闇《やみ》に溶け、ただ隣にいるという気配だけを感じていた。僕は、手を繋ごうかと言ってみようかと思った。けれど、もしそれが必要なら彼女のほうから言いだすのではないかという気もしたし、何より僕たちは付きあっているというわけでもなく、どういうふうに捉《とら》えていいのかわからない関係だった。

僕らが学校の外でたまに会ったり、ときどき電話で話すようになってから、一年が過ぎていた。僕は彼女のことが好きだった。彼女のほうも僕に好意を抱いてくれているという感覚はあったけれど、でもそれがどんな種類の好意なのかまではわからなかったし、今の雰囲気を壊してしまうかもしれない可能性があると思うと、そうまでしてそれを確かめようという気にはならなかった。もちろん彼女に触ったこともない。僕らはいつもただなんとなく話をしているだけで、話しているのはいつも他愛《たわい》のない話で、そう、僕らがいつも話していることといえば——電話で聴く彼女の声や、公園のいつものベンチから見える小さな噴水なんかを思い浮かべてみたけれど、ふだん僕たちが何を話しているのか、うまく思いだすことができなかった。

僕たちは、歩くというよりは靴の裏で感触を確かめるようにして、前に進んでいった。彼女は僕の左側にいて、この学校で過去に起きたという事件について話しだした。それは三十年ほどまえの出来事で、一学期の最後の日、誰にも告げずにひとりで暗室で作業していた女子生徒が、外からドアを施錠《せじょう》されてしまい、夏休みのあいだじゅう発見されずにそのまま死んでしまったというものだった。

「その話は僕も聞いたことあるけど」と僕は言った。「でも、制服のまま行方不明になってさ、学校を捜索しないなんてことあるかな」

「誰にも言わないで暗室に入ったんだよね。あそこの暗室、入ったことある？」

「一度だけある」

「暗いよね」と彼女は言った。「赤い電球しかなくて、窓がなくて」

「でも、それは噂《うわさ》なんだよね」僕は言った。「だって、やっぱり無理があるよ。まず目撃者がいないってことはないだろうし、もし本当にそんなことがあっても見つかると思うよ。警察だって動くだろうし」

「そうかな」彼女は言った。「案外、誰も誰のことも見てないものなのかもよ。警察なんか、見つけられない人だらけだよ。交番の前に貼ってるちらしとかポスター見たことある？　ものすごい数の行方不明者」

「ちゃんと見たことはないかも」

「いろんな人たちが毎日いなくなってるよ。みんな必死に探してるのに、見つからないんだよ。みんなまえぶれもなく、急にいなくなるの。朝、家を出てそのまま帰ってこなくなるとか、食事して友達と別れたのが最後とか、まるで最初からいなかったみたいにふっと消えるの」

　僕は、実習で一度だけ入ったことのある暗室を思い浮かべてみた。

　手前の部屋はごく普通の実習室になっているけれど、その突き当りに大きな鉄の扉があり、その奥が暗室になっていた。なかはそんなに広くなかったような気がする。照明は暗い赤色としか言いようのない色で、自分の手が見たことのないような色に染まっていたのを覚えている。いくつかのシンクには水が張られ、覗きこむとそれはセリーのように震えてみえた。名前を知らない薬液のにおいが立ちこめ、壁から壁に何本もロープがはってあり、そこに濡れた写真がびっしりと吊るされていた。機材もコンセントも文字も壁のおうとつも、形のあるものはすべてが赤い影の濃淡として存在していた。少しもしないうちに僕は胸が苦しくなり、呼吸が浅くなるのを感じた。遠い夏のある放課後、作業を終えてドアをあけようとして取手が回らないことに気づく、その瞬間を想像してみる。何度やっても扉はあかず、叩《たた》いても蹴《け》ってもびくともしない、その瞬間のことを想像してみる。破る窓もなく、声の限りに叫んでみてもそれは誰にも届かない。あるのは赤い水と分厚い壁と鉄の扉。自分がここにいることを外部に伝える術《すべ》はない。どこにもない。出られない。そのうち自分と影と時間と恐怖の区別がつかなくなっていく。僕は首を振った。

「それで、暗室からは鍵が外されたの」彼女が言った。

「じゃあ、それが本当にあったことだとして、もう二度とおなじことは起きないね」

「それはわからない」彼女は言った。「鍵がかかっていなくても、あるいはおなじことは起きたのかもしれない」

「どういうこと？」僕は尋ねた。

「わからないけど」彼女は言った。「きっと……何かが起きたときに、誰かにちゃんと見つけてもらえる人と、誰にも見つけてもらえない人がいるんだと思う。それは、その人がどんな場所にいるかってこととは、関係がないことなんじゃないかと思う」

「でも、もし動けるなら、誰かに助けを求めることはできるよね」

彼女はそれには答えなかった。


僕たちは廊下を抜けて中庭に出た。

廊下の暗さから出てみると、外はやけに明るく感じられた。まるで特殊な照明でも当てられた舞台のように青く、そのなかで地面は白っぽく浮かびあがっていた。少し傾いたバスケットゴールは海底で朽ちている船の一部みたいにみえた。

校舎の一階にある僕の教室のドアに、鍵はかかっていなかった。そもそも教室の鍵なんて見たこともなかった。きちんと鍵がかけられているのはパソコンが並べられている実習室とコピー機や資材が置いてある部屋、購買部、それから職員室ぐらいのものだった。盗まれて困るものなんて教室には何もない。なかに入ると床が思ったよりも大きな音をたてて軋《きし》み、僕は反射的に息を呑《の》んだ。教室のなかは、外灯とかすかな月の光のせいで中庭とおなじような青さに満ちていた。僕と彼女はそれぞれの電話のライトを点《つ》け、明るくなりすぎないように調節しながら、僕の席のまわりや、教室の後ろの棚や床に手紙が落ちていないかを確かめていった。けれど手紙はどこにも見当たらなかった。

「デッサン室」

彼女が文字を読みあげるみたいに言った。

「デッサン室に行くの？」僕は訊き返した。

「今日、最後に君がいた場所だから」

デッサン室はすぐ隣の校舎の四階にあった。校舎のちょうど真んなかあたりに位置する階段から上がることもできるけれど、外づけになった階段から行くこともできる。どちらで行くかを小声で相談したが、なかの階段までの道も、そして階段も、おそらくさっきの廊下のように暗く気が進まなかった。外の階段を上っていくのは中庭から丸見えで目立つけれど、それは昼間の話だった。構造的には中庭を挟んで向こうにある校舎が壁になって外からは見えないし、中庭には誰もいないのだ。それでも気になるなら頭を低くして上っていけばいい。僕らは外の階段を使うことにし、デッサン室へ向かった。

そこにも鍵はかかっていなかった。古びたスライド式の木製のドアは少しの音も立てず流れるようになめらかにひらき、僕がまずなかに入り、彼女があとに続いた。

普通の教室をふたつ合わせたくらいの広さのあるデッサン室は、さらに濃く、沈むような青色で充満していた。彫刻や、画用紙や、画板や生徒の作品を無造作に突っこんだ棚なんかが窓を塞《ふさ》ぐように配置されているせいで、一段と暗く感じるみたいだった。いつの卒業生が描いたのかわからない古いデッサン画が壁の隙間を埋めるように架けられていた。鉛筆や木くずや画用紙や絵の具が少しずつ混じりあった独特の匂いがした。

僕は学校生活がとくに楽しいと思ったこともなく、仲のいい友人がいるわけでもなかった。ほかの生徒のようにどこかの美大に行きたいとか、将来への夢みたいなものも持っていなかった。絵を描くのは嫌いではないけれど、情熱があるかと訊かれても、あると答えるための何かが欠けていると感じていた。僕は美術科の生徒ではあったけれど美術について学んでいるという実感はなく、何人かのクラスメイトが熱心に話している話題のほとんどについていけなかったし、夢中になれる作品や芸術家がいるわけでもなかった。僕の成績でも無理をしないで入学できるレベルの学校だったのと、ほかの教科に比べて絵を描くことが少しだけ得意だったから選んだにすぎなかった。才能について考えるということがどういうことなのかもわからなかったけれど、しかしほかの生徒の作品を見るだけでも、自分にたいした能力がないことくらいはすぐに理解できた。

けれど、僕はこのデッサン室がわりに好きだった。人がいてもいなくても、ここに来るとなぜか気持ちが落ち着いて、どれだけ長いあいだ座っていても、疲れや退屈さを感じることはなかった。人の絵はもちろん、自分の絵の進み具合や出来も、何も気にならなかった。課題があればそれをこなし、そうじゃないときはそのあたりに置かれているモチーフを適当に選んで、いつまでも描きこむことができた。そんなとき、僕はデッサンに夢中になっているのではなく、何かまったくべつのことに集中しているような気がした。鉛筆を動かせば動かすだけ強くなってゆくその集中には、僕を僕自身の手の動きや、鉛筆の匂いや、目のまえの細々としたすべてから遠く離れた場所に連れだすような、そんな感覚があった。

部屋の中央には、かなりの大きさのある石膏像を載せた台があり、そのぐるりを囲むようにたくさんのイーゼルが置かれていた。イーゼルの大きさや形にはばらつきがあり、古くなって使われていないものも合わせると四十台くらいはありそうだった。

生徒は普段とくに席は決められておらず、空いているところに画板を置いて席をとる。どの学年も週に一度は授業でこのデッサン室を使うけれど、放課後にここにやってくる生徒は限られていた。受験を考えている生徒は学校でデッサンなんかせずに専門の画塾に通っていたし、部活をせずに居残りたい生徒は、教室や中庭でいつまでも騒ぎまわっていた。僕はだいたいの放課後をこのデッサン室で過ごし、とくに完成させる必要のないデッサンを続けていた。

僕は放課後に座っていた席へ行き、電話のライトで足もとを照らした。彼女も僕の近くに来て、おなじように床やイーゼルを照らし、手紙が落ちていないかを確かめた。五分か十分か、僕たちはしばらくのあいだ口を利《き》かず、ただ黙ってそれぞれに光を動かしていた。そのあと僕は棚のほうへ移動して、自分の画板を見つけて引き抜き、なかにしまったデッサンを一枚一枚取りだして、手紙が挟まっていないかどうかを調べてみた。でも、そこにも手紙はなかった。

ドアの脇には大きなゴミ箱が置かれており、僕は移動してそのなかを照らしてみた。くしゃくしゃにされた描き損じの画用紙や紙があふれ、僕はそれらを手にとってひとつひとつ広げてみた。そこにも手紙はまぎれこんでいなかった。用紙類のほかには薄い紙袋がいくつも捨てられていて、鉛筆の削りかすが詰められているのが透けてみえた。僕は指先で、その薄い紙の膜を破ってみた。あふれてくる削りかすを握るようにしてなかを掻《か》き回し、中身がすべてこぼれてしまうと、次の袋を破った。指が沈み、その裂け目からさらに奥の削りかすが溢れてくるたび、むせ返るような鉛筆の匂いに思わず僕は息を止めた。

手紙はどこにもなかった。

僕は椅子《いす》に戻り、電話をポケットにしまった。彼女は少し離れた作業台に腰をかりたまま、動かなかった。

しばらくそんなふうにしていると、中庭や教室よりさらに濃いと思っていた暗さにも慣れ、知らないうちにいろんなものがはっきりとみえていることに気がついた。

腕を切られてうつむいた石膏像は青い陰影に彩《いろど》られ、その表情はやけに生々しく、どこか感情的にさえ感じられた。僕は普通の――いつものデッサン室がどんなだったかを思いだそうとしてみた。けれど思いだそうとすればするほどそのイメージは遠のいていくようだった。なんだか昼間より昼間みたいな感じがするな、と僕は思った。もちろん今は誰もおらず、夜で、光もなく、僕の知っている普段のデッサン室ではないのだけれど、でもじつはこうして青い闇に縁どられた状態のこのデッサン室が、デッサン室の本当の姿なんじゃないかというような気がした。デッサン室に本当の姿も嘘《うそ》の姿もないのはわかっているけれど、でもこれが本当なんじゃないかと、僕はそんなようなことをぼんやりと考えていた。

「手紙は見つからなかった」

長い沈黙に白い線を引くように、彼女は言った。それは確かに彼女の声だったけれど、僕はかすかな違和感を覚えた。どこか平板で温度が感じられないというか、彼女の声であるにもかかわらず、僕の知っている彼女の声を思いだせないような、そんなつかみどころのない感じがいつまでも耳に残った。

「手紙は消えたんじゃない」

再び彼女が言った。

「君が失くして、見つけられなかった」

青い闇のなかから放たれた彼女の言葉に、僕は瞬《まばた》きすることしかできなかった。そこには決定的な何かを言い渡すような重い雰囲気があった。僕は彼女の言ったことを頭のなかで何度かくりかえしてみた。手紙は消えたんじゃない。君が失くして、見つけられなかった——その通りだと思った。僕が彼女から手紙を受けとったときに手紙はちゃんと存在していたし、誰かが拾ったにしろ捨てたにしろ、あるいはどこかに紛れているにしろ、おそらくはまだ今この瞬間にだって、手紙はどこかに存在しているはずだった。彼女の言う通り、手紙は消えたわけではなく、ただ見つけられないでいるだけだった。

「わたしは手紙を書くべきじゃなかった」彼女は言った。「きっと誰かが、わたしの手紙を読む」

「もし誰かが拾って読んだとしても」僕は反射的に声を出していた。「君が書いたものだとは、わからないんじゃないかな」

するとと彼女は顔を上げて、まっすぐに僕の目を見た。

部屋のなかはさっきより明るく感じられて、あらゆる輪郭がくっきりと浮かびあがり、彼女の目のなかで光が小さく揺れるのがみえた。そのとき、僕は受けとった手紙を読んでいないままだったのを彼女に言っていないことに気がついた。彼女の手紙がどんなだったのか、彼女が何を書いていたのか、今となってはもう知りようがなかった。それが彼女にとって良いことなのかそうでないのかも、わからなかった。

黙っている僕を、彼女はじっと見つめていた。彼女はいつの間にかニット帽を脱いでいて、額にはいくつか髪の束がはりついていた。彼女は怒っているようにもみえたし呆《あき》れているようにもみえたし、あるいは僕に何か言おうとして頭のなかで考えを巡らせているようにもみえた。でも彼女は何も言わなかった。固く口をつぐんだまま、ただまっすぐに僕を見つめていた。そしてそんなふうに見つめられている僕にも、いろんなものがみえていた。彼女のまつ毛が落とす細かな影も、彼女がはおっているジャンパーのファスナーも、そこから覗くタートルネックの胸の形も、この部屋の青さの中で奇妙な熱を帯びはじめ、少しずつ膨らんでいるようなそんな感じがした。

それから彼女は泣きはじめた。

最初は静かに目をこすり、それから両手で顔を覆《おお》い、肩を震わせて彼女は泣いた。すすりあげる鼻の音に声が混じるようになり、指のあいだからつたった涙が粒になって顎《あご》から落ちていくのがみえた。彼女が泣くのを見るのはこれが初めてだった。僕は何も言えず、泣いている彼女をただ見ているしかなかった。

でも、何も言えないそんな気持ちとは裏腹に、僕のなかではいろんな考えが渦巻きはじめてもいた。彼女が泣いているのは僕の不注意が原因で、僕が手紙を失くしてしまったせいで、彼女はこんなふうに泣いているのだ。そのことを思うと胸が痛んだ。しかも彼女にとって彼女の書く手紙はただの手紙じゃなく、彼女にとってもっと重要な意味を持っているはずだった。僕はそのことをちゃんと理解していたし、彼女の手紙をいい加減に扱ったつもりはなかった。けれど、僕はその手紙をどこかで失くしてしまった。僕が何を思おうが弁解をしようが、結局は大切になんかしていなかったのだと彼女に思われても仕方がないのかもしれなかった。僕はそんなことを考えながら、何度も彼女に謝ろうと思った。けれど、なぜか言葉が出てこなかった。どうして謝れないんだろう。いろんなことが頭を巡ったけれど、でも言葉は出てこなかった。自分が悪いとわかっているのに、少し離れたところから、彼女が泣いているのを見ていることしかできなかった。

彼女は泣き続けた。うつむいた顔に髪がかかり、背中を丸めて、彼女は十分も二十分も泣き続けた。泣き声は少しずつ大きくなり、それに合わせて肩の動きも上下した。そのうちにもう立っていられないというようにしゃがみこんで、膝《ひざ》を抱えた腕に顔をうずめて、彼女は声をあげて泣き続けた。僕は、彼女の泣き声を聞きつけた誰かがやってきたり、警察に通報したりしたらどうしようと不安になった。けれど彼女は僕のそんな気持ちなんか存在しないみたいに泣き続けるのだった。どうにかしなければという焦《あせ》りと申し訳ないと思う気持ちのその奥で、僕は——自分がかすかな苛《いら》立《だ》ちを感じはじめているのに気がついた。

彼女が泣いている理由はわかる。手紙が失くなってしまったことが辛《つら》くて、泣いているのだ。あるいは彼女は僕に腹を立てて、こんなふうに泣いているのかもしれなかった。僕は自分のしたことを反省してはいたけれど、手紙が見つからなかったことについては謝っていなかったからだ。そもそも僕になんか手紙を書かなければ、彼女がこんなに泣いてしまうほど最悪なことは起きなかった。彼女は、僕みたいに不注意な人間に手紙を書いてしまったことを後悔して泣いているのかもしれなかった。そして僕がこんな人間であることを責めるために、泣いてみせているのかもしれなかった。

でも、と僕は思った――手紙を書いたのは君じゃないか、と。手紙は僕が書いてくれと頼んで書いてもらったものではなかった。君が僕に手紙を書こうと決めて自分で手紙を書き、そして僕はそれを受けとっただけなんじゃないのか、とそう思った。それに僕はわざと手紙を失くしたわけじゃない。彼女にとって取り返しのつかないことが起きてしまったことは事実だけれど、でも、そのことと僕のあいだにいったいどんな関係があるというんだろう。いったい彼女はなぜこんなにも泣き続けているんだろう。これは本当に、こんなに泣く必要があることなのだろうか？

かすかだった苛立ちは、だんだんはっきりとした輪郭を持ちはじめ、明確な感情になっていった。彼女は顔を腕のなかに隠していたけれど、泣きだす直前に僕をまっすぐに見ていた目を思いだすとその苛立ちはいっそう募るようだった。

僕は唾をひとつ飲みこみ、彼女を見つめる目に力を込めた。彼女はどうすることもできずに泣いているのではなく、僕に何かを思い知らせるために泣いているようにみえた。でもそれは、僕が思い知らされなければならない種類のものではないんじゃないかという気がした。それはなんというか——傷つけられた女の子はこんなふうに泣くものなのだと、そして傷つけた相手は女の子がこんなふうに泣くことに何があっても耐えなくてはならないのだと、そんなふうな彼女のための何かを一方的に見せつけられているような、そんな理不尽さを感じていた。

手紙を失くしたことは悪かった。だからここまで来て、僕だって一生懸命に探しまわった。手紙は見つからなかったけれど、でも、そのことと彼女が今こんなふうに泣いていることのあいだには、じつは本当は何も関係がないんじゃないかと僕は思った。手紙とはべつに、いや、手紙を僕に渡したことも含めて、僕は彼女に、彼女の満たしたい何かを満たすために利用されているんじゃないかというような、そんな気持ちにさえなった。僕はこのまま彼女を残してここから出ていくところを想像した。けれど、なぜかそれでは気持ちが収まらないような気がした。僕の気持ちが、収まらないような気がした。

さっきまでの苛立ちは、ふつふつとした怒りを帯びて、その波を感じるたびに心臓がどくどくと音をたてた。彼女はまだ泣き続けていた。本当に、いつまで泣くつもりなんだろう。そして僕は自分の性器が硬くなっていることに気がついた。反射的に気づかれないようにしなければと体を動かしたけれど、考えてみればここは暗いし、彼女は離れたところにうずくまっているし、そんなことでびくりとした自分が馬鹿みたいだと思った。

これまでふたりで会っていたとき、おなじように勃起《ぼっき》してしまったことが何度かあり、そのたびに僕は彼女に気づかれることを恐れて必死にごまかした。すごく焦ったし、苦労したし、それなりに辛い思いもした。でも、と僕は思った。どうして僕が勃起していることを気づかれてはいけなかったのだろう。何がまずいのだろう。あのときは恥ずかしいことだと思ったし、知られてはいけないとはっきり思ったことを覚えている。でも、それは違うんじゃないかという気がした。もし仮にいま、彼女が顔をあげて僕が勃起していることに気がついたとして、いったい何がまずいのか。そのことについて考えるべき何かがあるなら、それを考えるのは彼女のほうなんじゃないか。気まずさを感じたり恥ずかしいと思ったり、ごまかしたりしなければならないと思うのなら、それは彼女がそうするべきなんじゃないのか。そしてこの状態をどうにかするのは、彼女なのではないのだろうか。

僕は顔を伏せて泣き続ける彼女の側《そば》へ行って見下ろし、手首をつかんで立たせるところを想像した。そしていつまで泣いているつもりなのかをつよく質《ただ》したい気持ちになった。それから、僕に言いたいことがあるならはっきり言うべきだと肩を揺さぶるところを想像した。それから——僕がいつもひとりで想像していることをひとつひとつ順を追って、目のまえの彼女に、その体に、実際にやってみるところを想像した。肘《ひじ》をつかんでそのまま後ろの作業台に彼女を倒して覆いかぶさり、セーターの裾《すそ》をまくりあげてブラジャーから胸を出し、ワークパンツのボタンをはずして足をかけてずり下げるところを想像した。僕は彼女の上半身に体重をのせ、下着のなかに入れた両手で腰から尻《しり》を撫《な》で、つかみ、そして彼女の唇を吸った。その快感はつよい流れになって僕の全身を激しく駆け巡った。もしかしたら、できるのかもしれない。そんな考えが一瞬よぎった。ここでなら、いけるのかもしれない。もしかしたら——彼女だって、それを望んでいるのかもしれない。そう思うと僕の胸はさらにどくどくと脈打ち、それを落ち着かせるために何度も大きく息を吐かなければならなかった。けれど、呼吸をすればするほどその高まりは熱い塊になって僕を突きあげ、今にも溢《あふ》れだしてしまいそうだった。

できるかもしれない。それにもし仮に、彼女がそれを嫌がったとしても、それが意味することってなんだろう。それは誰にとっての、どれくらいの問題になるんだろう。だって彼女はもう泣いているし、すでにこんなに泣いているんだから、だとしたら、もうおなじじゃないのか。彼女はもう、辛い思いをして、こんなにも泣いているんだから。僕はその考えを振り払えなかった。それに、ここでの出来事が誰かに知られることってあるんだろうか。もし僕が僕の想像していることをしたとしたら、彼女はそのことを誰かに言うのだろうか。いや、そうじゃない。僕が感じたのはそういうことじゃなかった。そうじゃなくて、そう、ここで起きることは果たして本当に起きたことになるのだろうか——僕が感じたのはそんなようなことだった。ここで僕と彼女のあいだに起きることはここだけのことで、現実に起きたことにはならないんじゃないのか。僕はそんなことを考えていた。この奇妙に青くて明るい、僕のデッサン室で何が起きたとしても、それは、どこにも残らないんじゃないだろうか。そもそも出来事が起きたと決めるのは、いったい誰で、何がそう決めるのだ？　僕たちがここにいることを誰も知らず、誰にも知られていないこの場所で今、起きることとなんて、結局のところ、世界のどこにも残らないんじゃないだろうか？

僕の想像はこれまで僕が耽《ふけ》ったことのあるどんなものよりも生々しい方法で、彼女の体を触り、味わおうとしていた。めくれあがったセーターとずれたブラジャーのあいだからみえる彼女の乳首はかたく粒だち、僕は無意識のうちに何度も彼女の太もものあたりに腰を押しつけ、薄くひらいた唇からのぞく小さな舌先を吸おうと顔を近づけた。僕の呼吸は荒くなり、勃起は痛いくらいにつよまっていた。けれど彼女は、いやがるでも、身をよじるでも少しの息を漏らすのでもなく、妙に堂々とした雰囲気で、僕に仰向《あおむ》けに押さえつけられた姿勢のまま、ぼんやり空中を眺めていた。そして何かつまらないものでも見るような目つきで何秒間か僕を見つめたあと、どうでもいいというように視線を外した。それから何かべつのことでも考えているような表情で、平然とした手つきで僕のペニスをつかみ、自分のなかに入れようとした。その瞬間——ほんの数秒前まで僕のなかで激しく脈打ち、僕を僕自身から押し流そうとしていたものが熱を失いはじめ、遠のいていくのがわかった。

そして僕はひどく嫌な気分になった。それは僕がこれまで味わったことのない感情だった。自分に対してなのか、彼女に対してなのか、僕がここにいることじたいなのか、この部屋に対してなのか夜に対してなのか、あるいはそれらを全部ひっくるめたものに対してなのか、込みあげてくる嫌悪感《けんおかん》でいっぱいになった。僕の指はかすかに震えていた。彼女はさっきとおなじ姿勢のままうずくまっていた。いつの間にか泣き声は止まっていた。電話を見ると十一時十五分だった。彼女はおなじ姿勢で動かなかった。なぜ動かないんだろう。何をしているんだろう。なぜ泣き止《や》んだのだろう。何も聞こえないこと、何も動かないことに、僕はほとんど叫んでしまいそうなくらいの恐怖を感じていた。

「寒い」

しばらくして、彼女が独りごとみたいに言った。僕はその声に打たれるように立ち上がった。そして彼女の言う通り、ひどく寒いことに気がついた。寒い。僕の体はぶるぶると震えだし、少しでも力を抜くとそのままばらばらになってしまいそうだった。

「帰る」

彼女は作業台をつかんで立ち上がるとそう言って、ジャンパーのポケットから取りだしたニット帽を目深《まぶか》に被《かぶ》った。

僕たちはデッサン室をあとにし、階段を降り、中庭を抜けていった。彼女は今が夜だということがまるで見えないみたいに、少しの躊躇《ちゅうちょ》もなく進んでいった。僕はその背中を追うようにして歩いていった。彼女は一言も話さなかった。廊下にさしかかったときも、ためらわずになかに入っていった。最初にふたりでここを通ったのがもう何時間も、何週間も、あるいはもっと以前のことのように感じられた。廊下は暗かった。一瞬で視界が奪われて僕の心臓は音を立てた。廊下の真んなかあたりまで来たところで、ねえ、と彼女が立ち止まって言った。

「さっき、ここで女の子の話したよね」

「うん」

「あれね、本当は暗室じゃなくて、デッサン室だったんじゃないかなと思う」

「何が」

「死んだのが」

　僕は思わず彼女のほうを見た。けれど彼女は青い影に覆われていて、その表情はわからなかった。なぜそんなことを言うのか、どうしてそんなことを言うのか、なぜ僕にそれを言うのか、いくつもの言葉がこみあげてきたけれど、僕はそのどれひとつとして声にすることができなかった。僕は祈るような気持ちで話の続きを待った。けれど彼女は何も言わなかった。僕は彼女に何か言ってほしかった。まったく関係のないどんなことでもいいから、何かを言ってほしかった。どんな言葉でもいいから何か喋《しゃべ》ってほしかった。けれど彼女は黙ったままだった。一言も話さず、無言のまま廊下を抜けると、あとをついて歩く僕を振り返りもせず門を越えて、自転車まで歩いていった。鍵《かぎ》をさすと、金属音が夜のなかに何かを落としたみたいに小さく響き、彼女はさよならも言わずにそのまま消えていった。

　翌朝、学校に行くと何もかも様子が違っていた。僕はほとんど一睡もできず、とっぜんのことに大騒ぎをしているクラスメイトをよそに、薄い膜がかかったような頭でぼんやりと席に座っていた。急に決まった一斉休校の報《しら》せを受けて、担任教師は今日が最後の登校日になることを伝え、すべての荷物を持って帰るように言った。これからすぐに会議があるから、三十分後には完全に下校するようにと話し、あとは手紙かメールで連絡するので、自宅で待機するようにと付け加えた。つぎつぎに質問があがり、誰かが冗談を言って、みんなが笑った。学年末テストはとりやめ、つぎの登校日は未定。クラブ活動もなし。誰にも、何もわからないんだよ、と教師がお手あげだというように首を振って言った。

校内には門に向かって、たくさんの荷物を抱えて歩く生徒たちの波ができていた。誰とも話さず、深刻そうな顔をしている生徒もいたけれど、ほとんどはこの思いがけない出来事にどうしようもなく興奮し、もっと心を掻きたてる何かが先にあって、それが待つほうへみんなで向かっているのだというような、そんな雰囲気に満ちていた。教室や廊下から吐きだされるようにあとからあとから増えてくる生徒のなかに、僕は彼女がいないかどうかを探した。無数に流れていく顔のなかに彼女の顔がないかどうかを探した。でもどれだけたくさんの生徒たちを見つめても、そこに彼女の姿を見つけることはできなかった。しだいに僕は、自分がいったい何を探しているのかがわからなくなっていった。彼女の何を思いだせば彼女を思いだしたことになり、そしていったい何を探せば彼女を探すことになるのかがわからなくなっていった。

　昼間の光がまんべんなく降りかかり、校舎も窓も、中庭も門も、ありとあらゆるすべてがおなじ明るさに包まれていた。陽の光に白く濡れた生徒たちの頬は輝き、彼らはもっと大きな波になってさらに明るいどこかへ行こうとしているみたいだった。まるでどこからも影が失われた世界のなかで、もう思いだすこともできない青さのなかで、僕は動くことも探すことも声を出すこともできず、ただ立っていることしかできなかった。

娘について

一

見砂杏奈《みさごあんな》から電話がかかってきたとき、あまりにも久しぶりすぎて、画面に表示された見砂、という文字を見ても、それが着信であるということに少しのあいだ思い至らなかった。しばらくその名前を見つめていたような気がするけれど、それはそんな気がしただけで実際はほとんど間をおかずに出たのだと思う。

思いがけない電話がかかってきたとき。

もう何年も音沙汰《おとさた》のなかった人の名前をメールの差出人欄に見たとき。

べつに自分が何かをした覚えもないのに、不安とも後悔ともつかない感情が突きあげて緊張が走り、一瞬で汗をかく。そういう予期せぬ小さな再会が、わたしは怖い。

見砂と最後に話したのが会ってだったのか、電話でだったのかはもう覚えていない。

見砂はわたしの高校時代の同級生で、親友だった。

家は遠く離れていたし、学校生活を一緒に過ごすだけならさして気にならなかったけれど、高校を卒業してからはそれぞれの家庭環境の違いをことあるごとに感じることになった(彼女は裕福な家で、わたしは母ひとり子ひとりの母子家庭だった)。

彼女は私立美大で四年間を過ごし、わたしはアルバイトをいくつも掛け持ちして生活費を稼いでいた。一度、どこだったかの駅でばったり出くわしたことがある。最初、それが見砂であることにわたしは気づかず、よしえちゃん、と名前を呼ばれて驚いた。

長く伸ばして儚《はかな》いようなミルクティー色にカラーされた髪は、当時流行《はや》っていた細かいふわふわのパーマがかけられて夢みたいに可愛《かわい》らしく、見砂は熊《くま》がプリントされたラルフローレンのオーバーサイズのトレーナーに、いい感じのジーンズをいい感じに穿《は》きこなしていた。足元はアディダスの限定激レアスニーカー、白い肌にチークがほんのりまあるく咲くようなメイクはまつげもばっちり上げられて、唇には透明のグロスがたっぷりと塗られていた。

電話ではときどき話していたけれど、見砂に会うのは数ヶ月ぶりだった。高校時代からファッションにこだわりがあって独特のセンスがあることは知っていたけれど、九〇年代末期の美大生ここに極まれりといった相当おしゃれな人物に進化しており（ちょうど当時、死ぬほど流行っていた脱力系女性デュオの片方にそっくりだった）、おなじようにおしゃれな感じの美大仲間たちと一緒にいた見砂は、居酒屋のバイトに出かけるために上下くたくたのスエット姿で駅を通り過ぎようとしていたわたしのことを、親友なんだよお、と屈託のない笑顔で紹介した。

そんな感じで、高校を卒業してからの数年間はたまに電話をするぐらいで会うことも少なくなっていたけれど、二十二歳だったかそのあたりの頃に、急にまた仲良くなった。あれは何がきっかけだったんだろう？　そうだ、わたしが一人暮らしを始めて、それで見砂が泊まりに来るということになったのだった。小さなバッグに一日分のお泊りセットをつめてやってきた久しぶりに会う見砂は、服装はもちろんなのだけれど、視線とか爪《つめ》とか表情とか、そうした細々したところにまでなんとも言えない磨きがかかっており、わたしのぼろいアパートの部屋の中でそれらはいっそう輝いてみえた。もともと誰がみてもわかりやすい美人というわけではないのだけれど、しかしそのわからなさやアンバランスさがかえって独特の雰囲気を醸《かも》しだしていた。

そうした変化への戸惑いと気後れするような気持ちで最初は落ち着かなかったけれど、それもつかの間、話しだすとあっというまに高校時代の呼吸を取り戻し、わたしたちはここしばらく互いに虫食い状態だったそれぞれの近況を怒濤《どとう》の勢いでしゃべり倒した。見砂はきれいになっていたけれど、中身は何も変わっておらず、わたしはそのことにほっとした。高校時代の、あのいつもの見砂だった。ファミレスでわたしはハンバーグを、見砂はサラダを食べ、銭湯に行き、寝る瞬間までわたしたちは話し続けた。

いろんな話をしたけれど、見砂は大学でも一目置かれるというか目立つというか、態度のでかいグループのリーダー格の男と付きあっており、いっけん乱暴者にみえるその彼氏がいかに硬派で愚直に見砂を愛しているのかについて話した。わたしはそれを聞いて、いいな、と素直に思ったけれど、見砂の顔は暗かった。お母さんには話してないんだよね、と大きな溜息《ためいき》をついて肩をすくめた。それから、長いあいだ家を出たままだった姉が最近とつぜん家に帰ってきたと思ったら、親と揉《も》めて大変だった、というような話も聞いた気がする。わたしのほうはただアルバイトをしているだけの生活だったからとくに何を話したかは覚えていないけれど、とにかくその夜を境にして、わたしたちはまた頻繁に会うようになったのだった。

その年頃の多くの自意識過剰な若者がそうであるように、わたしたちも自分たちが将来について期待したり夢を持ったりしているという自覚もないくらいに、わりに自然なこととして、いずれ何者かになるのではないかと漠然と思っているところがあった。見砂は洋服が好きで、そして容姿にそこそこの自信もあったので、自分は女優になるのだと言った。わたしは文章を書くのが好きだったので、小説家になれたらいいなと思っていた。そして一年後、先にわたしが上京して都内の下町に小さなアパートを借り、翌年のおなじ月に見砂もやってきて、そこでふたりで住むことになった。

見砂との生活は明るく、たくさん笑い、一緒に暮らしていて楽しかった思い出のほうが多い。けれど結局うまくいかず、よくわからない最後になった。ふたりの関係の雲行きが怪しくなったのは同居を始めて二年が過ぎようとしたあたりだった。わたしたちは二十代も後半に差しかかり、地方から出てきたものの物事は何も進んでおらず、待てど暮せど朗報は皆無。自分たちがどこにいて、いったい何のための日々を過ごしているのかわからなくなってゆくありふれた焦《あせ》りのなかで、いつまで経《た》っても狭い部屋で顔を突きあわせるしかないお互いの些細《ささい》なことが許せなくなり、何度目かの爆発で終わり。そんな感じだったと思う。

「急にごめんごめん、びっくりしたんじゃない？　見砂です」

見砂はまるでついこのあいだの話の続きだけど、というような自然な口調で話しかけてきた。わたしは心臓のあたりが痛いくらいにどきどきとしていたけれど、見砂の声の妙な生々しさと、勢いのある明るさにつられて何とか普通に話すことができた。

「うわ、すごい久しぶり。えー、どうしたの」

「いや、元気かなって思って」見砂は笑った。

「元気、っていうか普通だけど、え、見砂どうしたの。なんかすごくない？　電話」

「そうそうそう、自分でもわりとびっくりしてるんだけど、すごい久しぶりだよね。いやー、なんか最近色々あるじゃん、もう大変じゃん。どっこも行けないし、怖いし。そっち大丈夫？　まわりいけてる？　電話みてたら、よしえちゃんの名前みつけてさ、どうしてるのかなって思って」

「こっちはまあ、大丈夫だよ。わりと生活は変わってない感じだけど、ああ、でもなんか、久しぶりですごいな」

わたしと見砂には上京してからできた共通の知人がひとりだけいて、数年に一度、思いだしたように連絡をとるモリリンという子がいる。どれくらいの頻度かは知らないけれど、モリリンがまだ見砂と連絡を取りあっているということは何となく知っていた。モリリンが気を遣ってくれているせいか、これまでわたしたちのあいだで見砂の話が出ることはなかったけれど、二年かそれくらい前にモリリンと話したとき、なんとなくの流れでモリリンが見砂の近況を話したことがあった。

わたしとの同居を解消したあと、見砂は実家で父親の仕事を手伝いながら、地元の登録制の事務所かなんかに所属してそれなりに活動していたそうだ。そしてつい最近、どうも結婚をしたらしい。誰かは知らないし、結婚式とかそういうのをしたという話も聞いていないけれど――わたしの頭にはモリリンから聞いたあれこれが浮かんだけれど、もちろん何も聞いていない前提で、見砂の声にあいづちを打った。

「わたし、まわりにけっこう医療従事者が多くって。本当にもう、悲鳴あげてるっていうか、もうかなりやばいみたいなんだよね」と見砂は言った。

「そうみたいだね、こっちはまだ身近で感染した人はいない感じかも。わたしもずっと家にいる仕事だから、誰にも会わないし」

「そうなんだ」

「でも、こないだちょっと外に出たら、誰もいなかったな。あと記事を読んだんだけど、ワクチンができたとしても、けっきょく全国民っていうか、みんなに行き渡るまでに何年かはかかるっていうの。ほんと、すっかり変わっちゃったよね」

わたしと見砂は、今の時期なら誰とでも挨拶《あいさつ》がわりに交わすような、ありふれた会話をした。増えていく感染者数について。多くの人が酸素マスクと人工呼吸器を勘違いしていることについて。今後も日本はBCG接種のおかげでじつは本格的なパンデミックにならないと言われていることについて——わたしたちはSNSやニュースサイトで現れては消えてゆく見出しと概要を交互に読みあげるように、それぞれが仕入れた今回の感染症についての情報を言いあった。けれど話ははずまなかった。話しながらわたしはなぜ見砂が電話をかけてきたのかについて考えており、もちろん見砂のほうにも、いま話していることとはべつの何かについて考えているような雰囲気があった。目的地はわかっているのに、そこに向かって探りあいながらまわり道をするみたいにわたしたちは感染症についてのありふれた話を続け、驚いた声を出したり、知らなかったと笑ったり、あいづちを打ったりした。わたしは適当に話を続けながら、見砂はわたしの近況についてどう思っているのだろうと考えていた。そして、そのことと今日の電話にもしかしたら何か関係があるんじゃないかというようなことも想像した。

十五年ほど前になるのか、わたしとの同居を解消したあと見砂は、モリリンによると家業を手伝いながら地元で細々と活動し、今は誰かと結婚した。わたしのほうは紆《う》余《よ》曲折ありながら、滑りこむようなかたちで小説家になり、その後、運良く賞も獲《と》ってベストセラーも出し、いわゆる上京したときの夢を叶《かな》えた形になった。見砂がわたしの書いているものを読んだことがあるのかどうか、そもそも関心があるのかどうかもわからないけれど、わたしがわたしの望んだ現在を、とりあえずは生きているだろうことを見砂が知らないわけはなかった。

けれどさっき、わたしが、ずっと家にいる仕事だから誰にも会わないし、と言ったときそれを受け流し、そこからわたしの生活や、仕事の話にはならなかった。関心があってもなくても、作家になったんだよね、ぐらいの、べつに不自然ではないそんなやりとりがあってもよかったのに、あえてそこには触れないというような意思さえ感じられた。見砂はいったい何のために電話をしてきたんだろう。まさか本当にたまたま電話でわたしの番号が目に留まって、感染症の話をするためにかけてきたとか？そんなことはありえない。

感染症の世間話が何周かして、もう後が続かないという雰囲気になったとき、見砂は、よしえちゃんのお母さんは元気にしてるの？　と訊《き》いてきた。

「最近は会ってないけど、元気だよ。時期が時期だから気をつけてねってこないだ電話で少し話したけど」

「そっかそっか、心配だよねえ」見砂は唸《うな》るように語尾を伸ばして言った。「そうだ、うちのお母さん、死んだよ」

「えっ」わたしは驚いて大きな声が出た。「うそ、いつ？」

「二週間前」見砂は言った。

「それは、その、今の感染症で？」

「ううん。それとはべつ。もうずっと病気だったの」

「そうだったの」わたしは言った。

「知らなかった」

わたしの言葉に見砂は返事をせず、そのあと長い沈黙になった。一瞬、電話が切れたのかと思うくらいの長さだった。もしもし、と呼びかけると、少しの間を置いて、聞こえてるよ、という見砂の声がした。心なしかトーンが少し低くなったような気がした。けれどそのあとも言葉は続かなかった。何か間違った反応をしてしまったのだろうか。わたしは唾《つば》をひとつ飲み込んだ。

「知らなかったの？」しばらくして見砂が言った。

「え、知らなかったよ？」

十五年も連絡をとっていない昔の友達の母親のことをわたしが知ってるわけがないのに、見砂は何を言ってるんだろう。眉間《みけん》に力が入り、わたしは何度も瞬《まばた》きを繰り返した。

「ほら、昔、よしえちゃん、わたしのお母さんと仲良かったでしょう。だからずっと連絡を取りあってるのかと思ってたよ」

見砂が少し笑ったような気がした。

「病気はね、結果的に癌《がん》だね。最初はどこだったっけな、そう、乳がんが見つかってそこからいろんなとこに転移して。こんな時期だから最後のほうはわたしも見舞に行けなかったし、お葬式もね、人が集まっちゃいけないから、本当に質素っていうか、旅行でいうと素泊まりみたいな感じの、あっけない見送りだったよ」

うん、とも、そう、ともつかない声を出してわたしは反射的に返事をしたけれど、さっきの見砂の言葉の真意がつかめず、あるいはつかもうとして、わたしは混乱していた。まるで足元に散らばった細かな何かをかき集めなければならないのに、でも最初にどれに手を伸ばせばすべてを正しく拾えるのかがわからず動けない、それはそんなような戸惑いだった。

仲が良かったってどういう意味？　なんでずっと音信不通だった昔の友達の母親の

ことをわたしが知ってると思うの？　そんなふうに質《ただ》したい気持ちになったけれど、わたし自身にもこの沈黙にも、それをわたしに問わせない何かがあった。背中にじわりと汗がにじむのが感じられた。急に喉《のど》が渇き、わたしは何度か咳払《せきばら》いをした。何か飲みたい。でも机のうえに飲み物は何もなかった。

二

電話を切ったあともわたしは落ち着かない気持ちで、夜までの時間を過ごした。

あのあと見砂は母親の話は続けず、いま自分が使っている、一度聞いただけでは覚えられそうにない複雑な名前のついたオイルについて——傷口に塗ってもよし飲み物に入れてもよし、もちろん生まれたての赤ん坊のスキンケアにも使えて、さらにはいま流行っている感染症予防の効果もある実験結果が出たという万能オイルについて少し話し、じゃあまた連絡するねと言って、ごく自然に電話を切った。

わたしは見砂と話した内容を検証するように最初から最後まで漏れなく反芻《はんすう》し、そこに何かが隠されていないか、気づくべき何かがないかについて考えた。

オイルの話題が出たとき、ああ、そっちなのか、とわたしはいっしゅん納得しかけた。けれど、何というか、いわゆるスピリチュアル系の勧誘をしてくる人にありがちな雰囲気とは肝心なところが違っているような気がして、そうじゃないのかもしれないと思い直した。いや、一回めの電話はだいたいこれくらいに抑えておいて、二回目とか三回目から本腰を入れて具体的な話に持ち込む気なんだろうか。そう思うとそれが当然のような気がしたし、わたしでも普通に、そういう手順を踏むんじゃないだろうかとも思った。というか、だいたい見砂にそういう世界にはまる要素があったのかどうか。どうだろう。あるとは言えないけれど、なくはない。でもそれは見砂本人というより母親の——さっき電話で亡《な》くなったと知らされた、見砂の母親にたいする印象だった。

病院にはいかない。市販薬も飲まない。精製された白い物は食べない。昔からお世話になっている先生が処方している漢方と水に依存しており、見砂はあらゆる予防接種を受けずに育てられた子どもだった。熱が出てもインフルエンザに罹《かか》っても骨折しても、とにかくその先生の言うことに従ってさえいれば問題はないというような家庭ではあった。

骨ばった指先で大事そうに漢方薬の入った薄紙をひろげ、半分広げた口の中にとんとんと落として、ゆっくりと水を含んで飲みこむ。その仕草はまるでちょっとした儀式のようだった。そのあと薄紙にべっとりと舌をつけてうっすら残った粉末をすみずみまでしっかり舐《な》めとってゆく、至るところに細かい皺《しわ》が刻まれた横顔。見砂の母親。そのとき、ネコさんという言葉が頭に浮かんだ。ネコさん——そういえば、わたしは見砂の母親のことを、ネコさんと呼んでいた。

ネコさんの名前は本当は寧子《ねいこ》といって、みんなからはネコさんと呼ばれてるからよしえちゃんもそう呼んでね、と言われたのは、学校帰りに見砂がネコさんと待ちあわせをしていた喫茶店についていって同席したときだ。わたしと見砂は十七歳だった。ネコさんはわたしたちの学校の最寄り駅からふたつ離れた、いくつかの路線が交わる、わりに大きな駅にあるデパートの喫茶店で、見砂とたびたび待ちあわせをしていた。

わたしはアルバイトをしなければならなかったのでいわゆる帰宅部で、わたしのように働く必要のないほかのクラスメイトたちはみんな、バスケットボールとか陸上とか軽音楽や演劇といった部活動をするのが普通だった。けれど、どういうわけか見砂はどこにも入っていなかった。理由はとくに訊かなかったのでわからない。ただ、その代わりといってはなんだけれど、見砂には帰りにネコさんと待ちあわせをしてお茶を飲み、買い物や食事をして一緒に帰宅するという習慣があるようだった。

高校生になってまで母親と娘が放課後にそんなふうに行動するのは、なかなか珍しいことのように思えた。その年頃の子どもにとって親などは基本的に鬱陶《うっとう》しい存在であるのは当然だったし、ひょっとすると黙っているだけかもしれないけれど、でもそんなふうに自分の親と平日まで親密に過ごしている生徒はほかにいなそうだった。それに朝から夜まで働きっぱなしの自分の母親のことを思うと、そんな時間も金も心の余裕もあるわけはなく、ネコさんと見砂の関係は、わたしとわたしの母には最初から縁のない裕福さを象徴しているような気がしたものだった。

ネコさんは見砂とおなじように肌が白く、洋服のことなんて何も知らない高校生のわたしにも、独特のセンスとこだわりがあり、高級品であることがひとめでわかるようなものを身につけていた。ネコさんに実際に会うまえに、見砂とわたしはお互いの家庭について話をしたことがあった。年の離れた姉がひとりおり、見砂はネコさんが四十歳のときに生まれた子どもだった。当時ネコさんは五十代後半で、今なら高校生の親としてべつに珍しくもない年齢だけれど、たとえばわたしの母親はわたしを二十歳のときに産んだので、ネコさんより二十歳も年下だった。そこまで若い母親は例外だとしても、当時、見砂は自分の母親がまわりの友達の母親に比べて年齢が上であることを、少し気にしているようだった。

父親は地元ではそこそこ名の通った建設会社の二代目経営者で、郊外とはいえ、絵に描いたような豪邸に住んでいた（冬休みに一度遊びに行き、卒業してからは一度、泊まりに行ったことがある）。暖炉があったり、ちょっとした螺旋《らせん》階段があったりする家にも驚いたけれど、わたしがいちばんびっくりしたのは、三人の顔が異様なくらいにそっくりだったことだ。

見砂と親がそれぞれ似ているのはわかるけれど、どういうわけかネコさんとその夫は本当によく似た顔をしているのだった。夫婦というよりはまるで初老の姉と弟という感じで、顔のパーツや配置が似ているというだけでなく、何といえばいいのか、話すときに唇が突き出るところや、笑ったときに見える歯並びやその大きさ、額の生え際《ぎわ》の毛の流れといったところまでが本当によく似ていて、彼ら三人を前にすると、まるで揃《そろ》いの茶碗《ちゃわん》でも眺めているような気持ちになった。わたしが家に行った二回とも、見砂の姉は不在だった。大きなキッチンを自在に使って薬膳《やくぜん》カレーをふるまってくれ、夫と冗談を言いあって笑うネコさんは、時間も金も趣味もありあまっている典型的な金持ちの専業主婦のようにみえた。

なぜか見砂が誘ってくれるので、バイトのない日はときどきネコさんとの待ちあわせについていくようになった。

会話はいつもネコさんが中心だった。今日学校で何があったかだとか授業がどうだったかとか、最初は見砂に話をふって見砂がそれについて話すのだけれど、いつの間にかそれに対するネコさんの感想がメインになり、それが長々と続いたあと、そこからべつの話をネコさんが思いだして脱線し、また違う話が膨らんでいく、いつもそんな感じだった。わたしたちは、冷めて少し苦くなった紅茶を飲みながらあいづちを打ったり、銀色の長いスプーンでオーガニックなパフェの底につめられたフレークを掘り崩しながら、ネコさんの話に驚いたり、笑ったりした。

何回目かに会ったとき、ネコさんにわたしの家庭のことを訊かれたので、母子家庭であることや放課後にアルバイトを掛け持ちしていること、そういう事情から大学進学は諦《あきら》めているということを話すと、眉根《まゆね》を寄せてひとしきり同情してくれた。

そのあと見砂に向かって、いかに自分が恵まれた環境にいるのかを知るべきだと論し、すべてにおいてあなたはよしえちゃんを見習わなければならないと強い口調で言い聞かせた。そして、自分の娘がいかにだらしなく甘えた性格であるか――これまで無数にやってきた習い事がひとつもものにならなかったこと、自室の管理ができないこと、子どもの頃からどんな学習塾に通わせても家庭教師をつけても成績が上がらなかったこと、歌の発表会でひとりだけ音程を外したまま歌い、最後までそれに気がつきもしなかったことなどを語りだした。それはそうした過去の失敗を面白おかしく話してみせるという感じではなく、いま目のまえにいる見砂を責めるような口調で、話しながら色々なことを思いだすのか、ネコさんはそんなあれこれを話すうちにだんだん苛立《いらだ》ったり、腹を立てたりして、居心地の悪い空気が流れた。わたしは適当に肯《うなず》きながら、ネコさんの話に何も言わずに黙ったまま聞いている見砂が気になっていた。

「よしえちゃん、あなたみたいなしっかりした友達がいてくれて本当によかったわ」

ネコさんは言った。

「これからも、もし杏奈がいい加減なことをしたら叱《しか》ってやってちょうだいね。わたしもしっかり見てるけど、やっぱり行き届かないところがあるから」

わたしが見砂のほうをちらりと見ると目が合い、情けないような困ったような顔をして笑ってみせた。わたしも笑って、わかりました、とか何とか、冗談まじりに答えたように思う。

そんな調子だから、高校卒業後にしばらく見砂と会わなかった時期が続いたそのあとで、わたしたちがもう一度仲良くなって、こんな地方にいたってしょうがない、思いきって上京しようという話で盛りあがってそれがだんだん現実味を帯びてきても、当然のことながらネコさんは見砂の話をいっさい受けつけなかった。それは反対というよりも、まともに相手をするのも馬鹿《ばか》らしいというような対応だった。

見砂は何ヶ月もかけて少しずつネコさんを説得したけれどうまく行かず、先に上京したわたしにたびたび電話をかけてきては、ネコさんとのやりとりを報告した。泣いていることもあった。そのとき見砂は二十四歳。美大を卒業して、べつに働くでもなく、家にいるだけだったはずだ。過保護な親が娘の上京を心配するのは理解できるけれど、でも十代じゃあるまいし。ネコさんはいつまでこんなふうに見砂を縛りつけ、また見砂のほうもネコさんの言うことを聞くつもりなんだろう。見砂の話を聞くたびに、わたしはそんなことを思うようになっていった。

過干渉な親を持つしんどさ、その関係のきつさはもちろん理解できるけれど、早くから自立しなければならなかった母子家庭育ちのわたしにしてみれば実のところ、なんだか見砂とネコさんのやりとりじたいが滑稽《こっけい》に感じられるところもあった。親子ふたりが最低限の生活を送るために朝から晩まで働きづめで、その結果、放任にならざるを得なかった自分の母のことを思うと胸がつまった。見砂の悩みやネコさんの言動が金持ちの馬鹿馬鹿しい道楽のようにも思えたし、二十代も半ばになろうかという年齢で、好きなように、自由に、自分のことを自分で決められない見砂を気の毒だと思う気持ちもたしかにあったけれど、でもそのいっぽうで、そうは言っても大学時代も働かずに親の金を使って遊び、完全なぬるま湯状態で過ごしてきた見砂にも、今の状況を作りだした責任があるようにも思えるのだった。

金を出す人間が口を出すのは常識で、それがわからないならそれこそ問題だし、いとこ取りが往々にしてうまくいかないのは当然だ。状況を変えるためにけっきょく見砂は何もしていない。だからいつまでたってもこんなふうに口を出されて、それを受け入れてしまうんだろう。何より、そんな甘い考えで東京に出てきて果たして人は女優になどなれるものなのだろうか。まったく知らない世界ではあるけれど、もっと壮絶で、厳しいものなのではないだろうか。後のないわたしとは違って見砂にはその気になればいつまでもお金を出してくれる親がおり、いつでも戻れる実家がある。そんな温室育ちで何の苦労もしたことのない見砂が、他方、女優になるために死にものぐるいの努力を重ね気合を入れて少しのチャンスも見逃さないと目をぎらつかせている、まだ見ぬ無数のライバルたちに果たして太刀打ちできるものなのだろうか。顔がそこそこきれい、センスがあるといってもそれはやっぱり地元レベルというか、段違いに美しくておしゃれで若い女の子が掃いて捨てるほどいるのが東京なのだ。見砂のことを考えるとじりじりするというか、本当のところはどういうつもりなのかとか、そもそも無理な話なのではないかとか——何かをはっきりさせたいというような苛立ちを覚えることもあった。けれど見砂からいつものように電話がかかってくると、わたしはそういった気持ちをできるだけ隠して、一生懸命に励ますようにした。

しかし見砂は、わたしのそんな漠然とした予想に反してきっかり一年後、東京にやってきた。

「いったいどうやってネコさんを説得したの？」

見砂はそれについて最初は笑っていた。そして真剣な顔つきになり、

「今はそれについて話すパワーがないから、いずれまたちゃんと話す、死ぬほど大変だった」としか言わなかった。

けれど同時にいくつかの条件を出されたようで、そのなかで絶対だったのは、わたしとの同居だった。

見砂によると、ネコさんはわたしを評価し、娘の同居人として信用に値する人物だと思っているようだった。わたしは見砂の上京が嬉《うれ》しかったし、ネコさんにそう思われることじたいは悪くなかったし、見砂とネコさんの提案を受け入れ、喜んで一緒に住むことにした（家賃が半分浮くのも助かった）。とくに家具を買い足すこともなく、見砂はダンボール数個に服と身のまわりの細々したものを詰めて送ってくるだけで、すぐに生活を始めることができた。

ネコさんが見砂に出したほかの条件が具体的にどんなものだったのか、聞いたかもしれないけれど、すべては思いだせない。たしかネコさんは見砂にアルバイトも禁じていたように思う。わたしはそれを聞いて呆《あき》れたけれど、ネコさんにとって東京は世間知らずの女の子を騙《だま》そうとする人間の悪意に満ちた恐ろしい大都会であり、アルバイトが女優になるためのレッスンの妨げになっては本末転倒、生活に必要な仕送りをするから働く必要はないという理屈らしかった。

見砂との生活は新鮮で、楽しかった。わたしは朝から夕方までアルバイトをしていて、午後六時すぎに帰ると、見砂が食事を作って待っていてくれることもたびたびあった。わたしがいないあいだに洗濯物を取り入れて畳み、ひとつしかない部屋をきれいにしてくれた。

見砂はネットでワークショップや、少しでも活動のきっかけになるような催しを探したり、話題の舞台を観《み》に行くことがあればそこで配られたフライヤーをすべて持ち帰り、大切にファイリングして、それはすぐに何冊分にもなっていった。ふたりでビデオを借りに行ったり散歩をしたり、服を交換して出かけたり、夜には狭いベッドで眠くなるまで色々な話をした。ほとんどが下らない、高校時代の続きのような笑ってばかりの他愛《たわい》ない内容だったけれど、ときには真剣に語りあうこともあった。見砂は大学時代から付きあってきた男の子との別れについて話し、単館上映向けの古いヨーロッパ映画や、憧《あこが》れている老女優の芝居と人生について話した。わたしは上京してから書いた小説についてや、自分が素晴らしいと思う作品のいったいどこがどんなふうに優れているのかについて話した。いま思えば何もかも苦笑するしかないようなどうしようもない内容だったけれど、わたしと見砂はまだ若く、いくらでも話すべきことがあるような気がしたし、それらはそのときのわたしたちにとってかけがえのないことのように思っていた。

ネコさんはよく電話をかけてきた。

見砂の携帯電話にかけてくることがほとんどだったけれど、ときどきアパートの固定電話にかけてくることもあった。漢方はもちろん、水も物も大量に送ってきた。わたしからすると親から送られてくる荷物としてはうんざりするような頻度だったけれど、見砂はそれにたいして愚痴ひとつ言うことなく送られてくるそばから粛々と開封し、ダンボールを潰《つぶ》し、必要があれば冷蔵庫に入れ、棚を占領してしまうことを謝った。電話がかかってくればすぐに出て、ネコさんの長話にあいづちを打った。そのうち、ネコさんが見砂の携帯電話にかけてくるのは昼間が多く、固定電話は夜に偏《かたよ》っていることに気がついた。それはだいたい夜の十時過ぎで、見砂が外出せずにきちんと家にいることを確かめていたのだと思う。

いつだったか、見砂に冗談まぎれに訊いたことがあった。

「ネコさんさあ、心配なのはわかるけど、けっこうきつくない？」

「そうだね」見砂は言った。「でも、もうずっとだからね」

「小さい時からそうなの？　わたしらが会ったときはもうすでにこんな感じだったよね」

「もうずっとだね。たぶん、お姉ちゃんみたいになってほしくないんだよね。お母さん、お姉ちゃんで一回失敗してるから」

「見砂のお姉ちゃん」

わたしは見砂の返答に急に姉の話が出てきて少し驚いたけれど、それを感じさせないように話を続けた。

「——そっか、見砂、お姉ちゃんいたよね。会ったことないけど」

「わたしも、もう全然会ってない」

「そのお姉ちゃんが、なんていうか、大変な人だったの？」

「いや」見砂は首をふった。「べつに、普通の人だったよ。年離れてるんだよね、うち。前に話したっけ、わたしと十歳違うの」

「え、知らなかった。それわりと年上じゃん」

「そう。お姉ちゃんを三十歳で産んで、四十でわたしを産んだから、そんな感じだよね」

「お姉ちゃんみたいになってほしくないって、べつにお姉ちゃん普通の人なんだよね」

「うん」

「ってことは、普通でいてほしくないってこと？　お姉ちゃんべつにやばい人じゃないんだよね？」

「わたしもよくわかんないんだけど」見砂は言った。「なんていうか……お姉ちゃんが結果的に、お母さんの思う感じにならなかったからだと思う」

「それっていわゆる、ネコさんの敷いたレールを行かなかった的な？」

「レールってほどはっきりしてたのかどうか謎《なぞ》だけど」見砂は言った。「とにかく、こんなはずじゃなかった、って感じがあるんだと思うな。お母さんもお父さんもお姉ちゃんのことについてはもういっさい話さないんだけど、昔なんかあったみたいだね」

　わたしは肯いて見砂の話の続きを待った。

「わたしが幼稚園だかそんな頃に——つまりお姉ちゃんが十五、六歳のときくらいに、なんかあったみたい。騒ぎがあったの覚えてるんだよね。なんか色んな人が出入りして、お母さんとかも泣いて、なんか騒然としてる時期があった。それでわたしが小学校にあがる頃には、お姉ちゃん、ちょっと離れた親戚《しんせき》の家に預けられるような感じになって。そこから学校に通ってたんだよ。それでなんでお姉ちゃんだけ引っ越したのかを訊いたら、お母さんが『失敗したからだ』って言ったんだよね」

「それって、受験とかそういうんじゃないよね」

「そうね。まあ、そんなこともあって、わたしにとっても姉というより従姉妹《いとこ》とかさ、そういう感じに近いの。親戚の人っていうかさ。一緒に暮らしてた時期もあったけど、まだ小さかったからあんまり記憶になくて。なんか用事があるときとか、機会があれば会うって感じで」

「お姉ちゃん、今どうしてるの？」

「わかんないの」見砂は言った。「家でもお姉ちゃんの話はタブーなの。何訊いていいかわかんないし。何年か前にとつぜん帰ってきたことがあったけど、あのときは大変だった。たぶんお金の話。せびりにきたんじゃないかな。それで揉めて。またすぐに出ていっちゃったけど」

「やばい世界にいるとか、そういうんじゃないんだよね」

「うん、違うと思う。見かけも普通だし、たぶんそっちじゃないね」

わたしは会ったことも見たこともない、見砂の姉について想像を巡らせた。見砂とネコさんと父親の、横に並べばまるで連続写真みたいにそっくりなみっつの顔を思いだしていた。見砂の姉もやはり三人とよく似た顔をしているのだろうか。なぜか中学校や高校の制服を着てひとりでぽつんと立っている女の子の姿が頭に浮かんだ。

「……その、見砂のお姉ちゃんにもネコさん、何ていうのかな、見砂にするみたいにこう、けっこう、なんていうの……こんな感じだったのかな」わたしは訊いてみた。

「どういうこと？」

「えっと、そうだね」わたしは言葉につまって、何と返答していいのかわからなくなった。過保護、監視体質、過干渉――いろんな言葉が頭に浮かんだけれど、どれもぴったり当てはまらないような気がしたし、その全部を足してもまだ足りないような気もした。見砂は黙ってしまい、わたしも黙ったまま、微妙な空気が流れた。余計なことを訊いてしまったな、このあとどうやって話題を変えればいいのかと焦っていると、見砂が口をひらいた。

「わかんないけど」

「うん」

「もしそれが原因で、何か問題とか起こしたんなら、馬鹿だよね」

「誰が？」

「お姉ちゃん」見砂は言った。「たしかにうちのお母さんは心配しすぎだし、色々と問題あるとは思うけど、でも愛だから。ぜんぶ愛なんだよね。娘を愛してるって気持ちに間違いはないから。わたしはそれを、わかってるから」

わたしは黙って肯いた。

「だから、お姉ちゃんが馬鹿なんだと思う」

見砂はそう言うと、笑ってみせた。

三

足の先が冷たく感じられて、室温が下がっていることに気がついた。時計を見ると午後八時を回っていて、まだ六時ちょっと過ぎくらいにしかなっていないと思っていたので驚いた。執筆しているときに時間の感覚が狂うのはよくあるけれど、ただソファに座って昔のことを思いだしているだけで、こんなふうになるのは初めてだった。

昼を食べたのはもうずいぶん前だからお腹《なか》が減っていてもおかしくないのに、なぜか空腹を感じなかった。わたしはソファから立ち上がり、たんすから靴下を取って履いた。まず左。それから右。靴下のなかの指をほぐしてちょうどいい位置に調整しながら、なぜかいつも以上に時間がかかっているような気がした。

電話を見ると三件のメール受信があった。

二件はダイレクトメールで、一件は、いま一緒に小説をやっている編集者からだった。

じつはここだけの共有にさせていただきたいのですが、隣の部署ではあるんですが社内で感染症の陽性患者が出てしまい……。来週に約束していた打ちあわせを延期させてほしいという内容だった。ズームでもお話できますが、どうされますか？　お考えをお知らせください……。延期とのこと承知しました。ほんと、すぐそこまで迫ってきていますね……どうかお大事になさってください。打ちあわせは急ぐものでもないので、メールと電話で大丈夫だと思います。みなさんくれぐれもご自愛くださいませ。わたしは返事を書いて送信した。そして、考えてみればそもそも電話とメールで済むようなことをなぜ会って話そうとしていたのか、不思議に思った。

自粛要請が出ても、わたし個人の生活には大きな変化は見られなかった。

してもしなくてもよかった打ちあわせがなくなっただけで、進めている仕事がキャンセルになったということもない。でもそれは、わたしの仕事にその価値があるからというわけではまったくなく、べつに書かれても書かれなくてもどちらでもいいというか、出しても出さなくてもどこにも何にも影響を与えないものだからだ。

世間の喧騒《けんそう》をよそに、わたしには何の変化もない。家にひきこもっているのはいつものことだし、気を遣わなければならない他人もいない。通勤もなく子どももいない。スーパーも昼間に行けば何の問題もないし、充分な量のマスクも消毒液もある。人と会うことも話すこともないから感染の確率も低いと思う。でも、この騒ぎが起きてから眠れない日が続いている。やっと眠れたかと思うと真夜中に目が覚めて、そのまま朝を迎えるというようなことも一度や二度ではなくなっている。

テレビをつけてもネットを見ても、ありとあらゆる専門家とありとあらゆる非専門家が、この感染症とそれが巻き起こしている現象について、アリバイを残すように競うように、来る日も来る日も持論を予測を披露し続けていた。そのどれもが適度に重要で適度に重要ではなく、おなじくらいいい加減でおなじくらい真実なんだろうと思わせる内容ばかりで、それが延々繰り返されていた。そんな情報や思惑や野心や無責任さや真面目《まじめ》さを浴びているうちに、入院って具体的にどういう段取りになるんだろうとか、日本人の感染者数が比較的少ないのはなぜなんだろうとか、かろうじて立体めいていた感想や不安や心配のあれこれが日を追うごとにすっかり平板になってゆき、なんだかすべてがどうでもいいような、ふと、自分の感じているこの様々な感情が誰のものなのかがわからなくなるような、そんな気持ちになることが多くなった。

自殺者も増えはじめていた。経済が縮小して、飲食店が潰れて非正規雇用者が職にあぶれて、この未知の感染症と政府の無策による犠牲者はこれからもっと増えるだろうということだった。

わたしは彼らを心から気の毒に思った。衣食住が脅《おびや》かされる辛《つら》さや惨《みじ》めさはよく知っていたし、そういう根本的な不安がどれだけ精神を蝕《むしば》み、体を痛めつけるものなのかも理解しているつもりだった。比べるわけではないけれど、今のわたしには仕事があり住む家があり、今のところは感染もしておらず、持病もない。わたしはこの状態を、本当にありがたいことだと思った。けれどそれと同時に、どこか言いようのない虚《むな》しさを感じているのも事実だった。ホームレスの人たちが殺されたり、職を追われて自殺した人たちなどの事件をニュースで見聞きするたびに——もちろんこんなことは頭の中で思うだけで決して口にすることはしないけれど、それはやはり、遠い誰かの出来事とは思えない部分があるからだった。

わたしはどこにも属しておらず、何の保証もなく、作家という肩書はあるけれど、それは実質、フリーランスの別名に過ぎない。運良くこの仕事につけて、運良くベストセラーを一度だしたことがあるだけで（それも大したことのないほうのベストセラーだ）、ないよりはあったほうがいい出来事であったことは間違いないけれど、けれどそれはもう十年以上も昔の過去のことで、今となっては誰の記憶にも残っていない。当然のことながら印税も数年でぱたりと止《や》んで、この先を生きていく具体的な力はどこにもなかった。出版業界は漫画や電子書籍の一部が業績を伸ばしているだけで、わたしがかかわっている分野などはもうずっと長いあいだ不景気の底を這《は》っていて初版部数はどんどん削られ、本が出せるだけましだという状況になってきた。もう誰も小説なんか読まないのだ。編集者はみな年下になり、話題も合わなくなって付きあいもなくなりつつある。いま書いているものが終わってしまえば、もう誰もわたしに依頼なんか寄越さないかもしれない。増刷なんてもう何年もないし、反応も薄い。ただ出して、二週間かそこら書店に並ぶだけ。騙し騙し、いまの仕事を続けているような気持ちがもうずっとぬぐえない。そう、十年後、いや五年後にだって、わたしがこの仕事を続けているかどうかなんてわからない。悲観的な考えにいたずらに浸っているわけではなく、本当にわからないのだ。

現に十数年前にわたしがこの職業に就いたときには眩《まぶ》しいくらいの活躍を見せていたあの作家も、新刊を出すたびに話題になって押しも押されもせぬ存在感を放っていたあの作家も、今では見る影もない。あんな人たちでもそうなのだ。彼らの足元にも及ばない、まるで水に濡《ぬ》れた紙コップみたいなわたしの先行きなんか、わざわざ想像してみるまでもない。それにそうした状況とはべつに、わたしにはよくわかっていることがある。自分に才能がないことだ。わたしはこの仕事に就くための運、カードを一枚もっていただけで、それを切ってしまったあとはもう何も残ってはいないのだ。わたしに小説の才能がないことなんて明らかなのだ。

ふだんから漠然と考えていたこんなようなことが、この数週間、考えようとしないでもいつでも頭の中にあり、少し離れたところからこちらを凝視しているような苦しさがあった。いま流行《はや》っている感染症にかからなくても、遅かれ早かれ死ぬ。ふたりにひとりは癌になり、苦しみながらみな死んでいくのだ。体が動かなくなって、誰にも相手にされなくなって、生きているだけで疎《うと》まれる存在になって、どこにでも転がってる珍しくもない惨めな最期《さいご》を迎えるのだ。この先、生きていて何の希望があるだろう。明日、明後日《あさって》と続いていくこの時間はいったい何のための猶予《ゆうよ》なのだろう。感染症にかかってもかからなくても、自殺をしてもしなくても、金が尽きても尽きなくても、わたしに訪れる結末など、今からわかっていることなのだ。

わたしはそんなことを考えながらソファに横になり、天井のしみをじっと見つめた。そう、こんな騒ぎがあってもなくても人は死ぬ。みんな死ぬ。確実に死ぬ。だいたいの場合は、苦しみ抜いて死ぬ。現に見砂の母親は、ネコさんは――感染症とは関係なく死んだらしいじゃないか。癌で。金を持っていても大きな家を持っていても家族がいても死んだ。わたしは溜息《ためいき》をついた。見砂の電話の声の感じを思いだして、また息を吐いた。いったい何の用だったのだ。見砂はいったい何のために電話をかけてきたのだ？

わたしはソファから体を起こして電話を手に取り、見砂にかけ直してみようかと思った。

――ねえ、やっぱり気になるから訊きたいんだけど、何の用でかけてきたの？　電話帳で見つけてどうしてるかなって、それ無理すぎじゃない？

そう言ってみるところを想像した。

――あと、わからないことがあるんだけど、見砂、ネコさんとわたしが仲良かったって言ったよね、さっき。あれはどういう意味なの？

わたしは電話を置いて、胸の中の息をすべて吐き、もう一度ソファに横になった。

たしかに見砂が東京に来て一緒に住むようになってから、必然的にネコさんとやりとりすることは多くなった。見砂の携帯電話にかけてきたときも、ちょっとよしえちゃんに代わってと言われて電話を受け取って、話すこともよくあった。もちろん、友達みたいにというわけではないけれど、ネコさんは基本的におしゃべり好きで、どこか有無を言わせないパワーのようなものがあり、わたしはべつにそれが嫌いではなかった。頼りにされるのも悪い気はしなかったし、見砂にも自分の親友と母親が口調を崩してちょっとした冗談を言いあったりする関係であるのを喜んでいたような雰囲気もあった。何かがあったときのための緊急連絡用としてネコさんとわたしはお互いの携帯電話の番号を知っていたし、たまに直接かけてきて、何々を送ったから杏奈と食べてね、ありがとう、というようなごく普通の明るい会話をすることもあった。

でもそれは口実というか、ネコさんは当然のことながら見砂のことをずっと気にしており、見砂が実際のところ、どんなふうに東京で暮らしているのか、どんな感じなのか、女優業のほうは具体的にどう進めているのか、そういったことをひとつ残らず聞きだしたいという焦《あせ》りのような欲望が伝わってきた。わたしはそれを感じるたびに呆れていたけれど、世間話に適当に報告を交えてやりすごしていた。見砂は頑張ってますよ、とか、規則正しい生活してますよ、とか、バイトはしてませんよとか、そういう感じで。

わたしのその言葉に嘘《うそ》はなかった。

見砂は足繁《しげ》く小劇場に通い、そこで少しずつ知りあいを作り、ワークショップに通いながら、舞台映えする体づくりのためにストレッチ教室なんかにも顔を出し、自分の夢のための色々なことに精を出してはいた。ネコさんの言いつけを守ってバイトもせず、毎月送られてくる潤沢な仕送りで、快適な修業時代を謳歌《おうか》していた——というか、わたしから見ればそれは、快適なんていう状況を通り越した、まるで上級市民のそれのようなあんばいだった。

役者になりたい一心で上京してくるほとんどの若者に金などあるわけもなく、みんなわたしとおなじようにバイトで食いつなぎ、そこから時間を捻出《ねんしゅつ》して作品を観たり、オーディションを受けたりするのが普通のなかで、見砂は自分のことをどう思っていたのだろう？　舞台に出演するような幸運に出会えても、そのあいだの収入は途絶えることになり、いつもぎりぎりで常に不安にべっとり濡れているような環境が普通のなかで、見砂は何を考えていたのだろう？　なんとかつぎに繋《つな》がる出会いや機会やコネクションを渇望《かつぼう》し、ひとつ年をとるごとにその可能性は削られてゆく時の流れの容赦のなさにみんなが耐えているなかで。見砂は、ネコさんとの約束こそ破ってはいないけれど、ワークショップや観劇のあいまにエステに行ったり、ちょっといいスキンケア用品をラインで揃えたり、誰それさんが教えてくれたなんとかという店でコースを食べてきた、なんていうこともやっていた。とくにわたしが気になったのは洋服の買い物で、大げさではなく、週末には表参道や原宿に行って、必ずふたつかみっつの紙袋を下げて帰ってくるのだった。

見砂が洋服が好きでおしゃれであることにアイデンティティを感じていることはよく知っていたけれど、どうしたってわたしには手が出せないような値段のついた、可《か》愛《わい》らしいバッグとかサンダルや一点ものの帽子などが共同のクローゼットで存在感を増すにつれ、複雑な気持ちになっていった。

見砂、あんた今そんな買い物してる場合なの？　お金があるのはいいけど外側ばっかり磨くより、もっと内面をちゃんとするほうが先じゃないの？　役者ってそんな生ぬるい感じでなれるもんなの？　喉まで出かかったそんな言葉をわたしは何度も飲み込むようになった。見砂は気にするそぶりも悪びれる様子もなく、なんとかというブランドとブランドがコラボレーションして作った深緑色の限定ニットを胸の前で広げて、いいでしょうこれー、着たいときに着てくれてぜんぜんいいからね、と笑うのだった。

そんな感じの日々が流れ、同居を始めて一年が経《た》つ頃に、見砂に彼氏ができた。

相手は見砂より十六歳年上の、演劇関係者。当時見砂は二十五、六歳、相手は四十を越えたおっさんだった。見たことも聞いたこともない劇団の、自称プロデューサー。それを聞いてわたしは反射的に勘弁してくれよと思ったけれど、その場は適当に言葉を濁してやりすごした。見砂も何となく空気を読んでそれ以上は話さなかったけれど、しかし彼氏ができたと聞いた以上は同居人としておおまかな流れを知っておく必要があると思い、その男はいったいどんな素性で、どこで出会ってどういう流れでそういう関係になったのかについて、すべてを話してもらうことにした。

男は見砂が通っているワークショップに出入りしている人間で、才能ある若手をいつも見逃さないように目を光らせている敏腕プロデューサー。実績も大小様々な芸能事務所などにコネもある、知る人ぞ知る業界人。個人的にアドバイスしたいことがあるからと連絡先を交換し、レッスン以外の時間も会うようになって云々《うんぬん》。気が合う云々。色んなことに慣れていて、すごく優しい云々。でもこれは見砂が進んで始めた関係ではなく、つまり恋愛に夢中になっているという感じでもなく、相手が熱心に見砂を口説き、そんなに言うなら、という感じでそういう関係になったのだと見砂は話した。

「それってなんか、騙されてない」わたしは嫌悪感《けんおかん》を丸出しにして言った。

「でも、芝居のことはプロだから、そこは尊敬っていうか、すごいなって」

「はあ」

その男が役者志望の、若いだけが取り柄の無知な女を食い物にしてるなんてどこからどう見ても明らかなのに、それに気がつきもしない見砂が信じられなかった。それどころか、見砂にはどうも、自分はその男に選ばれたんだくらいに思っているところがあるようで、それがさらにわたしを苛々させた。たくさんいる練習生の中でもわたしの才能を彼は見抜いてくれていて、今度、わたしに当て書きしてくれるっていう話もあって、よしえちゃんは知らないかもしれないけれど、彼は何々っていう役者を育てた人でもあって——自信なさげではあるけれど、見砂がわたしの顔色を見ながらそれでも微《かす》かな優越感を醸《かも》しながら話すのを聞いていると、わたしはどんどん機嫌が悪くなっていった。なんでこんなに馬鹿なのか。わたしははっきりそう思った。

それから見砂は、ときどき外泊をするようになった。

稽古が終わらないとか、徹夜で小道具の準備をしないといけないとか、とくに本番が近づいてくると、そういう理由で帰ってこない夜が多くなった。本当に忙しいのかそうでないのかはわからなかったけれど、帰ってくるときにはいつもどおり買い物袋を下げており、資金も潤沢、物欲も旺盛《おうせい》なままだった。

本番が終わると、つぎの稽古が始まるまで、あるいはつぎのワークショップやオーディションまでの充電期間と称して、ふたたび見砂は家にいることが多くなった。同居しはじめの頃にはきちんと部屋も片づけ、時には料理さえしてくれたこともあった見砂はすっかり変わってしまい、夜遅くまで漫画を読んで昼まで寝て、長風呂《ながぶろ》に入って、気が向いたら少し散歩に出かけてビデオを観ての繰り返し。わたしたちは部屋にいてもヘッドフォンをつけたり、本を読んだりして、できるだけ相手を気にしていないふうを装《よそお》うようになっていった。

見砂は彼氏のことをあまり話さなくなっていたけれど、別れたわけではなさそうだった。その頃、わたしはそれまで続けていたバイトを職場の人間関係のうまくゆかなさから辞めており、つぎのバイトを見つけなければならない焦りのなかで余裕がなくなっていた。今回はいけるだろうと手応《てごた》えを感じていた新人賞も二次審査で落選してしまい、今思いだしても胸の奥が一瞬で暗くなるような失意の中にいた。見砂はどこかの劇団に所属しているわけではなかったので定期的な仕事もなく、お金を払って参加しているワークショップの発表会くらいしか活躍の場がなく、たまに可愛いものを見つけると買い（目が合うと連れて帰らずにはいられないのだと説明していた）、人半の時間を家でだらだらと過ごし、わたしって昔から何をやってもうまくいかないんだよね、とこぼすようになっていた。

でも、わたしからすると、見砂が何をやってもうまくいかないのは、ほかでもない見砂自身の責任だと感じていた。なにしろ見砂には金のことを心配しないでいいという信じられないほど恵まれた環境があるくせに、なぜ、劇団や事務所のひとつやふたつに所属することもできないのだろうと思っていた。こんなふうに毎日ごろごろしていないで、馬鹿みたいな買い物などしていないで、落ちても落ちてもオーディションを受け続ければいいではないか。どんな小さな役からでも、そこから這い上がっていけばいいではないか。それしかないではないか。

結局、見砂は甘えているのだ。ただ楽なほう楽なほうに生きているだけなのだ。何をやってもうまくいかないのではなく、おまえは何もしてないではないか――美白パックをしたり、単館上映系の映画を観て、馬鹿のひとつ覚えみたいに、すごくない？しか言わないのとか、これが芸術じゃなかったら芸術なんて消滅すればいい、なんて小学生でも言わない恥ずかしいことを言って目をうるませてノートに感想をメモしたりしている見砂を見ていると、怒りにも似た苛立ちを感じることもあった。そしてての感情があるポイントを越えると、わたしは見砂に世話を焼き始めるようになった。ネットで評判のいい小劇団の情報を見つけては見砂に知らせ、ここにはこんな役者がいるらしい、こういう雰囲気が見砂には合っているんじゃないか、そんなことを言いながらせっせとオーディションのスケジュールを組んでやったりした。以前のバイト先で趣味で写真をやっている人がいたので連絡をとり、見砂の宣材写真を撮ってもらいもした。それでも見砂はぐずぐずとし、何かと理由をつけてはオーディションを何度も見送り（そのうち二回は寝坊だった）、せっかくの宣材写真も使いみちのないまま、結局お蔵入りになってしまった。

そうした見砂のふるまいが常態化したある日、わたしは溜息をついて言った。

「見砂さあ」

「わたしが言うのもなんだけどさ、たとえばこれから、大手の芸能事務所とかに入ってさ、売り出してもらって有名女優になって、っていうような道は、もう実際のところ見砂にはさ、難しいわけじゃん。年とかさ、リアルに」

「うん」

「そういうのはもう無理なわけじゃん。そういうふうに女優になるっていうのは。自分にそういうミラクルが起きないってことは。その現実はわかってる？」

「うん」

「つるっつるの十代のさ、死ぬほど可愛い若い女の子とか掃いて捨てるほどいるなかでさ、現実的な自分の可能性みたいなものについてさ、そこちゃんと理解してる？」

「うん」

「見砂、もう二十代後ろとかになってて、実績もないわけだよ実際。上京してやってきたことってワークショップとそこの友達とやった発表会的なものだけだよね。しかも持ち出しで。出版で言ったら自費出版で三百部刷って知りあいとか友達に配る的な、そういうことしかやってきてないわけだよ。でもさ、それでも見砂は舞台とかで役者として生きていきたいって気持ちがあるわけなんだよね……っていうか、彼氏は何て言ってんの？　今の見砂の状況について。その演劇プロデューサーの彼氏は。見砂の才能を見抜いて、そのあとその人、どうしてるわけ？」

見砂は黙りこみ、何度か肯いた。

「わたし、わからないんだよね」わたしは目を大きく見ひらいて言った。「見砂がなんでこんな生活してるのか、わかんないんだよね。ってか、自分がすっごい恵まれてることはわかってるよね」

見砂は肯いた。

「だったらなんでちゃんとオーディションとか受けないの？　もったいなくない？　行動に移さないってことはそれ、何もわかってないのとおなじじゃない？　わたしはわたしなりに色々気にしてスケジュールとかさ、いろんなの見つけたり、写真のあれとか手伝ったりしてさ、がんばれって思ってるんだけど。面倒臭いの？　ほんとはやる気がないの？　なに？　全然わかんないんだけど。っていうか前から訊《き》きたかったんだけどさ、ぶっちゃけ役者になりたいってそれ、どれくらいの気持ちなの？　ぜんぜん伝わってこないんだよ真剣さが。なんか」

「うん」

「さっきから、うんうんしか言ってないけどさあ」

「うん……っていうか、よしえちゃんはすごいと思う」

「は？　いまわたしの話じゃなくない？」わたしは眉根を寄せた。

「うん……いま言うことじゃないかもしれないけど」見砂は自分の指先を見つめながら言った。「……でも、いつも思ってることなんだよね。今もずっと話きいてて、そうだなって思うところしかないし。よしえちゃんすごいなと思う。誰にでもできることじゃないと思う。よしえちゃんは本当にすごいと思うよ」

「そういう話でもないし。すごくないよべつに」

「ううん。よしえちゃんはすごいよ」

「そんなことないって」

「ううん、そんなこと、あるよ」

「……こんなのはね、普通のことだよ。夢っていうか、目標があってこうやって毎日やってるんだから、っていうかこれしかできなくない？　うちらそのために出てきたんじゃんか。見砂、思いだしてよ」

「うん……よしえちゃんにはさ、なんていうか、他の人にはない覚悟があるよね。わたしそこがすごいと思ってて」見砂は小さな声で言った「……自分でちゃんと生活してさ、仕事もしながら毎日ちゃんと小説書いてるもん。本も読んでさ。応募もしてるし。すごく努力してるよね。よしえちゃんがわたしみたいなのに苛々するの、すごくわかるよ」

「そういうことじゃなくて」

わたしはわたしの言葉の前でみるみる体を縮めていくような見砂を見つめながら、罪悪感とも優越感ともはがゆさとも恍惚《こうこつ》ともつかない、奇妙な快感が手のひらにじわじわと広がっていくのを感じていた。

「……わたしべつに見砂を責めたりとか、そういうんじゃなくて。そういうことを言ってるんじゃないんだよね。それはわかってほしいんだけど、見砂のためを思って言ってるだけなんだよ。わたしね、ただ見砂にうまく行ってほしいだけなんだ。見砂にはうまく行ってほしいんだよ。見砂はまだまだきれいだし、わたし、見砂には何かあると思ってるからさ。信じてるから」

「うん」

「だからさ、頑張ろうよ」

見砂は目を赤くしてわたしを見、こんな感じで自分は情けないとこばっかりだけど、でもこれからもどうかよろしくお願いします、と頭を下げた。

＊

そんないつだったかの昼、ネコさんから電話がかかってきた。

わたしはその日、体調を崩してベッドにおり、見砂は稽古だか何だかで朝から家を空けていなかった。ネコさんが直接わたしの携帯電話にかけてくるのは久しぶりだった。

「よしえちゃん」ネコさんが言った。「ご無沙汰《ぶさた》してるね。このあいだ送った炭酸マグネシウム、届いた？」

「あ、見砂が出してました」

「便秘薬は飲まないほうがいいよ。腸が腐ってずたずたになるから」

ネコさんからの荷物は最初に比べると数は減りはしたけれど、定期的に届いていた。わたしは上京してから一度も帰らなかったけれど、見砂はやれ正月だお盆休みだ、母の日だのといって実家に頻繁に帰っていたし、家族でホテルで過ごした写真を見せられたり、もらった小遣いで買った新しい靴なんかの感想を聞かれたりしていた。ネコさんとの電話も以前と変わらぬペースでやりとりしているようだった。

「杏奈は稽古に行ってるのよね。よしえちゃんは今日は？」

「ちょっと風邪ひいたみたいで休んでます。見砂は、そうですね、稽古かも」

「あら、大事にしてよね――そうそう」

ネコさんはひとつ咳払《せきばら》いをして言った。

「このあいだ先生に会ったわよ、ほら、三年のときのあなたたちの担任の。駅前でばったり。なんとかっていうおもちゃみたいな小さい犬、小脇《こわき》に抱えて。えらく老《ふ》けちゃってて最初どこの誰だかわからなかったんだけど、ほら、山田先生ね。名前もどこにでもあるのだからすっかり忘れちゃってて。立ち話してるうちになんとか思いだしたけど、あの先生もう五十歳になるんですってね。結局、結婚もしなくて子どももなしで、犬と暮らしてお気楽三昧《ざんまい》なはずなのに、時間って平等なもんだわね。ちゃんと老けるんだから」

それからネコさんは、わたしと見砂の同級生の何人かの近況について話した。ネコさんはわたしたちの同級生の一部の保護者と定期的に会っており、今でもつながりがあるらしかった。よしえちゃん、何々くんはどこそこに就職して、誰々さんはどこそこに勤める彼氏と近く結婚するらしいよ、ほかには一年の時におなじクラスだった何々ちゃん、カナダに留学してるって話なんだけど、知ってる？　ほんとはそうじゃないんだって。大学を受けるための誰でも入学できる現地の語学学校に行ってるだけなのに、ご両親がまるで向こうの大学に受かったみたいな曖昧《あいまい》な話をするから、紛らわしいのよね。

「何がしあわせかわからないけど」ネコさんは言った。「自分が何をしあわせに思うかに気づくのが、大事だと思うわ」

「わかりますそれ」わたしは言った。

「わたしもね」ネコさんは何かを思いだすみたいに喉《のど》を鳴らして言った。「じつは昔、女優になりたいと思っていたのよ」

「そうなんですか?」わたしは驚いて言った。

「そうよ。そういうのが好きだったの。芸術的な性格だったのね」

「ネコさん、そういう雰囲気ありますもんね」

「でも主人に出会って、結婚して、そして妊娠して。芸術以上のものを見つけたわけね」ネコさんは笑った。「だからわたしはそういう仕事につかなかったけど、でもお芝居とか映画には本当に時間もお金も費やしてきたから、何がよくて何がだめなのか、そういうのはわかるのよ。本物と偽物《にせもの》の見分けがつくの。コマーシャルなんかでまだ無名のタレントとか女優とか見るじゃない、『この子は売れるわね』『ああ、この子は何しても無駄だわね』とか、そういうのぱっとわかっちゃうの」

「ああ」

「杏奈は」ネコさんは言った。「……わたしの娘はね、すごく光るものを持ってると思うのよ。それはわかるの。でも根本的に優しいところがあるから。誰かを押しのけてまで自分が自分がっていうふうに、どうしてもなれないのよね。だから、誰かに見つけてもらうまでに時間がかかる気がするのよ」

「それはあるかもですね」わたしは言った。

「杏奈に電話かけても、最近、折返しも遅いのよね」ネコさんは言った。「忙しいって言ってるけど」

「彼氏のことは、ネコさん知ってます？」

ネコさんが知らないとは思えなかったけれど、わたしは訊いてみた。すごく光るものを持っている根本的に優しい自分の娘が、胡散《うさん》臭さの煮こごりみたいなおっさんと付きあってることをどう思ってるのか、それについて何を話すのか興味があったのだ。それにひょっとして今日電話をかけてきたのは見砂と男の関係について何かを訊きたいか、言いたいことがあったんじゃないか、とも。

「炭酸マグネシウムは水に溶けないから。そのまま口に入れて、流し込んでね」

少しの間をおいて、ネコさんはわたしの質問を無視してそれだけを言うと、電話を切った。


それからたびたびネコさんはわたしに電話をかけてくるようになった。

世間話から始まって、噂話《うわさばなし》、漢方の話、思い出話、そして必ず見砂の話になった。ネコさんはだんだん個人的なことを話すようにもなっていった。わたしたちの電話は、わたしたちがそうはっきりと表現したわけではないけれど、どこか暗黙の秘密めいた雰囲気を帯びるようになり、わたしは見砂にネコさんと個人的に話していることを言わなかったし、見砂も気づいていないみたいだった。ここだけの話だとか、よしえちゃんには何でも話せる、というようなことをネコさんは言うようになり、さすがにわたしからネコさんに電話をかけるということは一度もなかったけれど、秘密にしていることにたいしてうっすらとあった最初の違和感のようなものも、いつのまにか感じなくなっていた。

更年期障害がどれだけ辛かったかとか、姑《しゅうとめ》にどれほど虐《いじ》められたかとか。思い出話は、あるいはネコさんの子ども時代に遡《さかのぼ》ることもあった。そんなネコさんの話は表向きはいつも、自分はじつに色々な苦労をしてきたけれど、しかしそれらをすべて乗り越えて多くの気づきを得て、今の自分ほどしあわせな妻であり母である女はいない、という結論に落ち着いた。けれど当然のことながら、ネコさんのお喋《しゃべ》りのその中心には自分には何らかの才能があったのにこんなつまらない人生を送ることになってしまったという成仏《じょうぶつ》しきれない凡庸な恨みが渦巻いていた。ネコさんにその自覚があるのかないのかはさておき、しかしネコさんの現実はそうしたいくつもの否認が向かいあわせになって成立しているので、これも当然のことながら自分の娘にたいする気持ちの方向性が激しく混乱することも多々あった。つまり、自分の娘が自分の好きなことをして成功してほしいのか、ほしくないのか、どこかで失敗することを望んでいるのか、いないのか、その基本的なところが自分でもよくわかっていないというところもまた、あまりに陳腐なのだった。

「よしえちゃんは、本当のところどう思う？　杏奈はうまくいくと思う？」

ある日ネコさんが珍しくわたしに意見を訊いてきた。

「もう一年と半年くらい経つのに、手応えもないし」

「そうですねえ……」わたしは考えるように唸《うな》ってみせた。「わたしから見てると、いつも肝心なところで自信が持てないいんだなって、思うんですよね」

「どういうこと？」

「前にちょっと話したことあるんですけど、『どうせ自分なんか』って思っちゃうんだって。よし頑張ろう、つぎは絶対にやってやるぞって思っても、直前になるとやっぱりだめってなるって言ってた。自分にはそんなことできっこないって。どうしてもその考えから離れられないいんだって」

「杏奈が言ってたの？」

「はい。だからすごく難しいなあって。そういうのって自分でどうにかできるレベルのことじゃないと思うんですよね。子どもの頃からの積み重ねっていうか、刷り込みっていうか。家庭環境ですよね。子どもはそれを選べないし……だから、難しいなって」

テストで九十点を取っても取れなかった十点のことを指摘され、つつきまわされて、けなされて、誰かが自分のことを褒めても『あんな言葉を真に受けるんじゃない、あれはあなたを油断させて出し抜くためにわざと言ってるだけなんだから』って言われ続けて育ったら誰でもそうなるんじゃないですかね、という言葉を飲み込んで、ねえ、顔もきれいで独特の魅力があるのに不思議ですよねえ、とわたしは言った。

「……でも、よしえちゃんはすごいわね」

少しの沈黙のあと、ネコさんは気を取り直すように、一段明るい声色で言った。

「どうしてそんなにしっかりしてるの？　昔からそうなの？」

「うーん、べつに自分ではそういうつもりはないんだけど」とわたしは笑った。「っていうかネコさん、わたし、ただ東京で一人暮らしっていうか、ルームシェアして夢を追いかけてるだけじゃないですか……みんなしてませんか？　普通だと思うなあ」

「ぜんぜん普通じゃないわよお」ネコさんは大きな声でけたけた笑った。「すごくアルバイトして、若いのにお母さんに仕送りもしてるんでしょう？」

「まあ、少しですけど」

「ほんと、『おしん』みたいよね」ネコさんは笑った。「そう、わたし、よしえちゃんと話してるとね、『おしん』思いだすのよ。知ってるよね？　鼻もほっぺたも真っ黒にしてね、貧しさに耐えてね。高卒だってなんのその！　一旗上げてやるぞ！　っていう強さね。よしえちゃんにはそれがみなぎってるなあ。負けるもんか！　って土の中から、ぼーん！　って飛びだしてくるもぐらみたい。そう、もぐらちゃんみたいなエネルギーがあるなって、いつも思うの」

わたしは黙ってネコさんの話を聞いていた。

「そうそう、お母さんはどうしてるの？　まだパートでお勤めなのよね？　どこだっけ、クリーニング屋さんだったよね。そうだ、いつもよしえちゃんには杏奈がお世話になってるし、わたし今度、何か送ってあげる。お肉とかどうかな。脂《あぶら》の少ないのと多いの、好みとかあるかな。普段食べないような、ちょっといいのを送ってあげるわ」

「嬉しいなあ。でもうちの母、ベジタリアンなんですよね」

ベジタリアンという言葉をじっさいに会話に使ったの今が初めてだな、と思いながら、そしてこんなことは何も大したことではないのだと自分に言い聞かせながら、わたしは急激に熱くなっていく頬を押さえて、何度も唾《つば》を飲み込んだ。

＊

そのあとしばらくネコさんから電話はかかってこなかったけれど、ほとぼりが冷めた頃、あれはたしか冬、十二月だ、何もなかったみたいな調子で、クリスマスになんとかという有名パティシエの、特製オーガニックケーキを送ったからふたりで食べてね、というような電話がかかってきた。その時はわたしも礼を言うだけで、特に詰をすることなくそのまま切った。あの年のクリスマス前後は最悪で、わたしも見砂もインフルエンザにかかって寝込んだし、わたしは書き進めていた小説を新人賞の応募期日までに仕あげることができなかった。エアコンが壊れて、低賃金のバイトも憂鬱《ゆううつ》で金もなく、実家でもうんざりするような親戚《しんせき》関係のトラブルがあり、尽きるための運にも最初から見放され、喪失するような自信なんかもうどこにも微塵《みじん》も残っていないような、真に暗い日々だった。

いっぽう見砂は例の演劇のおっさんと別れ、新しい彼氏ができていた。演劇仲間と遊びに行った先で声をかけられたらしい。今度は十歳年上の外資系企業のサラリーマン。株もやっていて英語も話せて、今までの人の中でいちばん顔が好みなんだよ、と見砂は言った。よしえちゃんも今度ぜったいに会ってね。高校時代からの親友とルームシェアしてるんだって言ったら、彼もぜひ会いたいって。そういう十代の頃からの友情はずっと大切にしたほうがいいよって。来週はバレエね、ぜんぜんチケット取れないやつなんだけど手に入るからって、それで観《み》に連れていってもらうんだけど前から二列目なんだよね、すごくない？　そうだ、親友が小説家志望で小説書いてるって言ったら、もしよかったら読ませてほしいだって。彼、慶応の文学部だったんだって、有名な作家を担当してる編集者の友達もたくさんいるんだって、すごくない？　ねえ、ひょっとしたらアドバイスもらったりとか、誰か紹介してくれたりするかも——それを聞いた瞬間、わたしは全身の毛が一斉に逆立つのを感じ、その勢いで見砂を睨《にら》みつけた。

「ちょっと待ってよ」わたしは言った。「なんで人のこと勝手に話すの？　関係なくない？」

「えっ」

「えっ、じゃないじゃん。なに勝手に人のこと話してんの？」

「えっ、だめだった？」見砂はわたしの剣幕に、座ったまま後ずさった。

「あのさあ、だからさあ」わたしは前髪を掻《か》きむしりながら言った。「見砂いくらなんでも馬鹿《ばか》すぎないか？　馬鹿すぎないか？　馬鹿すぎると思うんだけどまじで。想像力ってもんがないの？　人の気持ちがわかんないの？　っていうか速攻でどうにかなるような適当な女に声かけてはしゃげるような頭の弱い男になんでわたしの小説読ませないといけないわけ？　まじで意味不明なんだけど。完全に気持ち悪いんだけど。わたしの小説とその男まじで何の関係もなくない？　ほんと頼むからまじで勘弁してほしいんだけど。わたしの言ってること理解できる？　言葉わかる？」

悪気はなかったけど気を悪くさせてごめん、本当にごめん、ごめんなさいと見砂は土下座をする勢いで何度もわたしに謝り、涙を流した。わたしは怒りが収まらずしばらく口を利《き》かなかったけれど、翌日、わたしも言い過ぎたかもしれないと言って見砂の謝罪を受け入れた。

あと二ヶ月ほどで同居して二年かという頃になっても、良い出来事は何も起こらなかった。いっぽう見砂はその頃、急に演劇への熱意が強く感じられるようになり、妙なやる気にみなぎっていた。新しい知りあいや友達がどんどん増えて活《い》き活《い》きとし、食べ物にも気を遣って漢方を欠かさずに飲んでいるせいか、声にも表情にも張りがあって、あと数年で三十歳になる女の陰りもたるみもくすみもなく、いろんな充実感に満ちているのが伝わってきた。

わたしは、地元でひとり暮らしをしていた部屋に見砂が泊まりに来たときのことを思いだしていた。中古品を買い集めてとりあえず部屋を繕ったような六畳一間のぼろいアパートだったけれど、あれはわたしにとって初めて自分の城といえるようなものだった。でもあのときも見砂は無邪気にきらきらと輝いていて、その眩しさのまえですべては一瞬にして色を失い、今とおなじような、言いようのない惨めさを感じていたことを思いだしていた。今も見砂はあのときとおなじように、新しい服を身に着け、仲間と映画に出かけ、美味《おい》しいものを食べ、わたしが怒ったあの一件からもう口には出さなくなっていたけれど、外資系の彼氏ともうまく行っているようだった。

見砂は今も昔も鈍感で、わたしが夢に向かって一生懸命に、迷いなく小説を書き続けていると思っていたし、ずっと続けていくものと思っているようだった。

けれどわたしはもう自分が小説を書いて作家になることは難しいのではないかと思い始めていた。子どもの頃からそこに行けば息ができると心から思えたたったひとつの場所、書店にも足を運べなくなっていた。平台に積まれた新刊、棚に刺さった作家の名札、文芸誌に小説家たちの新作がひしめいているのを見ると比喩《ひゆ》ではなく息ができなくなった。世間にはこんなに無数の本があふれているのに、こんなにもたくさんの本があるのに、たった一冊、自分の書いた本一冊をそこに存在させることもできないのだと思うと涙が止まらなくなり、この先を生きていける気がしなかった。お前はだめなのだと、作家になどなれないのだと誰かにはっきり宣告されればよかったのかもしれないけれど、わたしにはそんなことを言ってくれる誰かなどいなかった。どんなかたちであれ明確に絶望できる、わたしはその資格すら持っていなかった。

そんなある日、美容院で新しい種類のパーマをかけてきた見砂が、ねえよしえちゃん、今度ここのオーディションを受けようと思ってるんだけど、と相談してきた。肩の下で揃《そろ》った厚みのある髪はきれいに波打って、見砂が首をかしげたり肯《うなず》いたりするたびに、生まれたての艶《つや》が弾んだ。制作の人と知りあって、ぜひ受けてくださいって言われたんだよね、どう思う？　それはわたしでも名前を知ってるような劇団で、もしかしたら見砂はここでチャンスをつかんで道を切り開くのかもしれないという予感がよぎった。

わたしはその劇団の概要や募集要項のちらしを手にとってしばらく見つめ、神妙な表情をして、ここは全然だめだと思うよ、と眉《まゆ》を上げて首を振った。ちょっとは知られたところかも知れないけど、こういう路線じゃないんじゃないかな。見砂はもっともっと上を狙《ねら》ったほうがいいよ、もったいないよ。そう説明して、そうかなあと迷う見砂にもっともらしい言葉を尽くして説得した。

そうかなあ、そうかなあ、と唇を合わせる見砂の反応を見ながらわたしは、もし見砂がわたしの意見を退けたらどうしようと焦っていた。彼女が自分の直感と決意に従ってオーディションを受け、このチャンスをものにし、陽のあたる人生にひとりだけ躍り出るようなことがあったら、いったいわたしはどうすればいいのだ？　今の見砂にならその可能性があるような気がして、それを思うとわたしは冗談ではなく発狂してしまいそうだった。

そんなこと、許せるはずがなかった。何ひとつ不自由なく育ってきて、いつまでも他力本願で、どこまでも甘えてばかりで努力など何もしてこなかった見砂が成功するなんて、そんなことはぜったいに、あってはならないことだった。

わたしは内心を絶対に気取られないように慎重に、優しく、理由を丁寧に積み重ねて示しながら、なんとか見砂にそのオーディションを諦《あきら》めさせようとした。全神経を集中させて、ひとつの風も吹かなければ、誰かが訪ねてくることもない、開け放たれるひとつの窓もないこの場所に留まらせようとした。見砂はしばらく考えていたけれど、そっか、そうだよね、よしえちゃんの言う通りかもしれないと、何度も肯いてようやく納得し、困ったように笑った。いつもの見砂の顔だった。わたしは安心して、胸の底から大きくひとつ息を吐いた。そのあとも見砂から相談を受けるたびにわたしは巧妙に誘導し、明るい何か、弾むような予感のする何か、見砂の行く手を照らすかもしれない何かから、見砂を遠ざけ続けた。

ネコさんはいつの間にかまた以前のように電話をかけてくるようになっていた。しかし以前と明確に変わったところがあって、それは見砂への失望と自分が彼女の才能を見誤っていたことを嘆くようになっていたことだった。わたしはネコさんがそんな弱音を吐くのを聞くと、どこかこそばゆいような愉快な気持ちになるのを抑えられなかった。

「もうね、杏奈はだめだと思うのよ。もう何年？　二年でしょう。鳴かず飛ばずで、こんな恥ずかしいことってある？　近所の人とかね、最悪なのよ。杏奈ちゃんどうしてる？　そろそろ主演とか？　テレビとか出るときはぜったい教えてね、なんて訊いてきて……わたし何も答えられないのよ。わたしの気持ちわかる？」

「そうですよね……見砂と一緒に始めた同期っていうのかなあ、何人かわたし知ってますけど、彼女たち、みんなけっこう活躍してますしねえ。映画とか舞台とか」わたしは適当なことを言ってネコさんを煽《あお》った。「見砂ももうすぐ三十だし……けっこう厳しいかもですね。あと、こんなこと言うのあれですけど、基本的に遊んでばっかりですしね。潮時かも」

「ここだけの話なんだけどね」

「うん」

「杏奈をうちに戻そうと思ってるのよ」

「ああ」

「じつはちょっと前から実行してることがあって」

「何を？」

「杏奈、インターネットに日記つけてるでしょ。ブログっていうの？　稽古場《けいこば》のことか、舞台の写真とか、映画とかの感想も書いてるじゃない。食べたものとか。あそこにね、ファンを装って書き込んでるの」

「ネコさんが？」

「そう」ネコさんは心なしか得意げな声を出した。「コメント欄にね。誰でも書けるやつ。でもべつに悪口を書いてるわけじゃないのよ。真実を書いてるの。論評っていうか」

「見砂にですか？」

「そう。写真写りとかね、杏奈が書いてる日記とか、色んな感想にたいしてとか。だって全然だめなんだもの。ああいうのひとつ読んでも、あの子には向いてない世界なんだってわかるわ。全然だめ。なってないもの。杏奈にはやっぱり無理でしょう。女優になんてなれるわけがない。世間知らずで、自分では何もできなくて。最初は応援する気持ちもあったけど、やっぱり無理だわ。昔からそう。わたしだって知らない世界じゃないし、厳しさはちゃんとわかってるつもり。杏奈には無理だった。何をさせても、どれだけお膳立《ぜんだ》てしても、うまくやり通せたことがない」

わたしは曖昧な唸り声を出した。

しばらくしてから、ネコさんが暗い声で訊いた。

「よしえちゃんは、どうなの」

「よしえちゃんのことだから、一歩一歩進んでいるとは思うけれど」

「じつは今度、なんていうのかな、一応デビューっていうか、決まって」わたしは反射的に口から出任せを言った。「基本的にわたし、新人賞に応募していたんですけど、そっちじゃない、別ルートで読んでくれた編集者がいて。すごく気に入ってもらって、これだけ書けるんなら賞は必要ないいんじゃないかって話になって。それで進めていこうってことになって」

「……すごいじゃない」ネコさんは息を呑《の》んだ。「……それで、もう、小説家になるってわけ？」

「そう。一応」

「……なんか、杏奈のこと考えると情けなくて涙が出てくるわ。よしえちゃんは自分の夢を叶《かな》えたのに……おなじように上京して、おなじように頑張って、おなじようにチャンスがあったのに、なんでこんなに違っちゃったんだろう」

「でもネコさん、小説と女優は、違うし」

わたしは柔らかい声でネコさんを慰める雰囲気を醸しながら、ネコさんの発言を嘲《あざ》笑《わら》っていた。おなじように上京して、おなじように頑張って、おなじようにチャンスがあった——？　いやそれ、全然違うから。この人は本当に何もわかっていないんだなと大声で笑ってやりたい気持ちになった。

「そうだ、わたしもここだけの話ですけど、見砂の新しい彼氏知ってます？」

「知らない」

いっしゅん黙ったあと、ネコさんは本当に知らないというような声を出した。

「……あの子、また付きあってる男がいるの？」

「えっ、ネコさん知らなかった？　うそ、ネコさんが見砂のことで知らないことがあるなんてやばくないですか。逆にわたしが教えてもらおうと思って訊いたのに。なんかね、新しい男のこと、わたしが訊いてもあんまり詳しく話してくれないんですよね。だからなんか、話せない理由でもあるのかなって、思って」

「わたしは知らない」

「まじですか」

「また、前みたいなの？」

「いや、ちょっとわかんないです」

「何歳の、何をしてる男なの」

「だから、何も教えてくれないんですよ」

「あの子は……なんて馬鹿なんだろう」

ネコさんは涙声になり、そのあと本格的に泣き始めた。

わたしはその声を聞きながら、ネコさんの顔を思いだしていた。見砂と瓜《うり》二つの真っ白な顔。父親までそっくりな。考えてみればもう何年か見ていないのに、その顔をすぐに思いだせるのはいつも見砂を見ているからなのか。わたしは適当な言葉でネコさんを慰めた。自分が娘をどんなに思ってきたか、良かれと思ってどれだけ最善を尽くしてきたか、どんな我慢に耐えて、どれだけ頑張ってきたか、ネコさんは思いのたけを盛り込みながら十分くらいさめざめと泣き、大きく鼻をすりあげた。

「……こんな話まで聞いてもらって。本当によしえちゃんは、しっかりしてるね」

「普通ですよ」

「ううん。夢も叶えて、本当にすごいわ。わたし、本当に思うわ。ほんとに小説家になるなんて」

悔しいんだろうな。そう思うと自然と顔の下半分がにやけた。ネコさんが電話を握りしめてうなだれている姿を思い浮かべると、腹のあたりがむず痒《がゆ》くなって、思わず笑い声が漏れてしまいそうだった。どれだけ金をかけても何にもなれない、あなたの娘がどれくらい愚かで、どうしようもないのか。こみあげてくる愉快さを追いかけるように、意地悪な言葉があとからあとからあふれて、それを喉の奥に待たせておくのが大変だった。ネコさんはまだ鼻をすすっていた。ネコさん、わかった？　あなたの娘より、わたしの母の娘のほうがすごいんだよ。わたしの母の娘のほうが、すごいの。わかりましたか！　わたしはネコさんの鼻先に人差し指を立てて、はっきりとそう言ってやったような気がした。それは全身に鳥肌がたって、危うく身悶《みもだ》えしてしまうほどの快感だった。

「じゃあ、もうそろそろ切るわね」ネコさんが弱気な声で言った。

「はい、じゃあ、また」

「わたしもう、疲れたわ」

「わかります。ネコさん、いつも一生懸命だから」

「なんでわたしの人生って、こんななのかしら」

「ああ」わたしは労《ねぎら》うような声を出した。「ほんと、なんていうか、すべてひとりで背負ってますよね……わたし、詳しく聞いてないんですけど、ほら、お姉さんのことも」

　わたしがそう言うと、電話の向こうでネコさんの表情が一変したのが感じられた。

わたしは続けた。

「これはネコさんには内緒にしててねって言われてるんですけど……ネコさんも書き込みのこと教えてくれたから言うんだけど、見砂、よくお姉さんの話するんですよね……事情があって離れて暮らしてきたけど、なんか、すごく大事みたいで。すごく大切に思ってるのが伝わってくる感じ。でもまあいろいろ大変でしたよね、ネコさんも昔から」

「杏奈が、話したの？」ネコさんは言った。「聞いたの？　杏奈から」

「うん。まあ、だいたい」

　ネコさんは黙ったまま、何も言わなかった。

「色々あっても、わたし、きょうだいがいないから羨《うらや》ましいなって。見砂の話を聞いてると、そう思っちゃって」

「あの子、連絡とってるの？」

長い沈黙の後で、これまで聞いたことのないような硬い声で、まるで独り言みたいにネコさんが言った。わたしはほくそ笑んで答えた。

「さあ、詳しくは知らないけど」


その二ヶ月後に見砂は荷物をまとめて実家に戻った。

上京してきたときと同様、大した移動にはならなかった。この二年間に買った洋服分のダンボールがみっつ増えただけだった。仕送りが終わるし、彼氏とも別れたし、いったん家に帰ることにすると見砂は頼りない顔をして笑った。それがいいかもね、べつに東京なんか近いし、どこに住んでるかなんて関係ないかも、とわたしは言った。

見砂は帰郷する当日まで、いつもとおなじようにだらだらと毎日を過ごした。夜は遅くまで映画を観て、昼前に起きて念入りにスキンケアをしていた。真っ白な肌は青みがかって見えるほどだった。見砂は二年間の東京の生活にたいして何か感慨があるふうでもなく、あるいは焦《あせ》る様子もなく、悲しさや悔しさを感じている様子もとくになかった。わたしは新しいバイト先を見つけ、誰にも求められていない小説を書き続け、そして匿名《とくめい》で見砂のブログの掲示板に容姿を誹謗《ひぼう》するコメントを書きこんだりもした。ときどきネコさんの名前が携帯電話の画面に表示されると反射的に嫌悪感《けんおかん》を覚えたけれど、でも、出ないわけにはいかなかった。どのバイト先でも疎《うと》ましがられ、知りあいはいてもひとりの友達もいないわたしが話をできる相手は見砂以外にもうずっと、ネコさんただひとりだったからだ。最後に何を話したのかは覚えていない。見砂が実家に戻ると、ネコさんからの電話は途絶えた。

四

わたしは目を見ひらいて天井のしみを見ていた。

頭がじんじん脈打つ音に合わせて、目の端に涙がにじむのが感じられた。しみは目のなかで微妙に動いた。瞬《まばた》きをすればもとの形に戻り、凝視すればかすかに輪郭が伸びたり縮んだりした。その感覚を追いながら、あの日々は十五年くらい前のことかと思っていたけど、二十年前と言ったほうが近いんだなとか、そういうことを考えていた。二十年か。二十年。そんなに時間が経《た》ったなんて。そんなに経ったなんてな——

そんなふうに頭の中でくりかえしても、そこから先に何を思うべきなのかがわからなかった。そのとき、廊下で何かがぶつかるような大きな金属音がして、わたしはソファから打たれたように身を起こした。

なに、誰、わたしは頭の中で声をあげ、そのまま動かずに耳を澄ました。たしかに今、すごい音がした。早鐘を打つように心臓がどくどくと音をたて、わたしはいつでも立てるようにソファの肘《ひじ》かけの部分をつかみ、息を殺して身構えた。そして、もう一度音がしたらどうしたらいいんだろうと思った。この部屋は、いまわたしが座っているソファから玄関のドアまで五メートルの距離もない。電気を消したほうがいいのか、チェーンはかけていたか、いなかったか。全身の毛穴が一斉に粒立つように色々なことが頭をよぎり、いつかどこかで見た陰惨な事件現場のイメージがそれらにかぶさった。けれど、しばらく待ってみても音はしなかった。

部屋を出て、備品みたいな簡易キッチンを通って玄関へ行き、のぞき穴から外を見ると暗いばかりで何も見えない。眉骨をドアに押しつけた姿勢のまま意識を耳に集中させていると、どこかからか言い争うような女の声がうっすらと響いてきた。隣の部屋じゃない。隣だったらもっとはっきり声が聞こえるはずだ。ということは又隣の部屋だろうか？　隣の隣って、どんな人が住んでいた？　思いだせない。知らない。よくわからないけれど、いま言い争いをしている誰かが部屋に入る前に、ぶつかるか何かしたのだろうか。でもそのときは声は聞こえなかった。何なのだ。わたしは腑《ふ》に落ちないまま部屋に戻り、ソファに座った。

憂鬱だった。靴下の中で足先は痛みを感じるほど冷たくなっていた。春の夜から春の要素だけが消滅し、得体の知れないその残り滓《かす》が、冷気とともに部屋に積もっていくようだった。今は足首のあたり。じきに膝《ひざ》の高さまで来て、つぎに腹、そして胸を圧迫し、わたしは何もないこの部屋に埋めたてられて、身動きできなくなるだろう。わたしは降り積もってゆく残り滓を見つめながら、癌《がん》になって焼かれて灰になったネコさんのことを思った。そして、見砂はきっとぜんぶを知っていて、今日わたしに電話をしてきたのだと確信した。長い時間が経ったのだ。どこかのタイミングで見砂はネコさんからすべてを聞いて、そしてわたしに電話をかけてきたのだ。

見砂はわたしに何を求めているのだろう。謝罪だろうか。それとも、こんなふうにわたしに過ぎた日々を思いださせ、呵責《かしゃく》を味わわせるのが目的だったのだろうか。それとも何かべつの復讐《ふくしゅう》を考えているのだろうか。あるいはただ、わたしに説明させたいだけなのだろうか。過ぎたことはいいんだよ、でもあなたがわたしにいったい何をしたのか、あなたの口から聞きたいだけ——見砂がそう言うところを思い浮かべた。

部屋は冷たいのに、腋《わき》には今にも臭《にお》いそうなじめじめした汗をかいていた。わたしは見砂に何をしたのか。誰が誰に、何をしたのか。わたしはそれを誰かに説明しなければならないのか。携帯電話を手にとってアドレスページを開き、見砂という文字をじっと見た。できることならわたしは電話を破壊してしまいたかった。見砂はぜんぶ知っているのだ。

さっきからソファに座っているだけなのに、これ以上はもう一歩も歩けない体をひきずるように電話の呼び出し音を数えながら、わたしは軽い吐き気を覚えた。見砂の電話を鳴らして見砂を呼んでいるのはわたしなのに、彼女がこの電話に出ないほうにすべてを賭《か》けているような気持ちになり、下顎《したあご》がかすかに震えているのがわかった。しかし六回目の音が終わったあと、見砂は電話に出た。わたしは短く息を吸って、もしもし、と言った。妙に高い声が出て、唾をひとつ飲み込んだ。

「ああ、どうしたの」見砂は言った。

「いや、さっき電話くれて」

「うん」

「ごめんね、えっと」

「うん」

「その、わたしちゃんと、なんていうか、ネコさんのこと、お悔やみっていうか、ちゃんと言えなかったなって思って。なんか、聞いてるだけになっちゃって」

「ああ、いいよそんなの。気にしてくれなくても」見砂は笑った。

「癌だったの、けっこう前からだったんだよね？」

「そう」

「そっか、癌は大変だって聞くし」

「まあね……でも、もう八十過ぎてたしね。それより、漢方とか酵素風呂《ぶろ》とかで治すって言って、そっちのほうが大変だったよ」

「ああ、ネコさん、好きだったもんね……好きっていうとあれだけど」

「気持ちはわかるけどね。抗がん剤とか基本、金儲《かねもう》けでしかないしね。ぜんぶぼろぼろになるし。抗がん剤で生き残っても、死んでるみたいに生きるしかないし」

「うん、そういうの聞くよね」

そんなどうでもいいようなやりとりをして——それで、なんでかけ直してきたの、と訊《き》かれるような沈黙が流れた。わたしは追い詰められていた。ここで切り出すべきだろうか。ちゃんと自分の口から見砂に話すべきだろうか。でも、いったい何を？

「あのさ、あの、電話をかけ直したのはさ」

耐えられずに口が勝手に動くようにわたしは言葉を発していた。

「さっき見砂、オイルの、オイルの話、してくれたでしょう」

「うん」

「そう、わたしそれ、オイルね、それを買いたいなって思って。それで、オイルのことでかけ直したの」

「そうなんだ」見砂は明るい声を出した。「ほんと？　えっ、さっきの説明だけでわかってくれたの？」

「うん、すごい、なんていうか、ちゃんとわかった」

「うそありがとう、嬉《うれ》しいなあ」

「いや、なんていうか、すっごく欲しくなって、そのオイル」

わたしは肯きながら早口で言葉を繋《つな》げていった。「なんかわたし、そういうの探してたの。すごくなんていうか話聞いてぴんときて。よくわかんないけど免疫《めんえき》力なんだよね結局。うん、それでわたしぴんときて」

「いや、ほんと、すっごくいいよ。免疫力があがるのはもちろんだけど、ウイルスにもがんがん効くしね、もうまじすごいから。さっきも言ったけど、うがいも手洗いもやりすぎて、がさがさになるでしょう？　うがいするとき水に一滴、手にはクリーム代わりにさっと伸ばすの、全然べたべたしないし、そのまま顔につけてもいいし」

「うん」

「えー、じゃあどうしようかな、すっごい種類あるんだけど……シンプルなのもあるし、上級者っていうか、クラスが上のもあるんだよね、いったん電話に送る？　資料的なの」

「ううん、見砂が決めてくれていい」

「えっ、まじ」

「うん、見砂が選んで、いいなって思うの送ってほしい。値段教えてくれたら、あとで振り込むから」

「ほんと……わかった。じゃあ、ビギナーのやつ、三ヶ月分の選ぶね。ありがとね。いやあ、嬉しいわ。ほんと、ほんとありがとね」

見砂は嬉しそうな声を出して、オイルについてまたべつの話をし始めた。自分も初めは普通の客として買って使っていたんだけれど、その素晴らしさに気がついて夢中になり、講習に行くようになって自分も届ける側になったこと。このオイルに出会って会員になってくれたひとのことをその世界ではシスタということ。製品の良さと、そのひと自身が持っている可能性に気づいてもらえた瞬間がいちばんの喜びなんだあ、と見砂は嬉しそうに語った。今では関西方面にもセミナーに出かけるようになっていたけれど、感染症の蔓延《まんえん》でなかなか動けなくなっていること、でもこういう災禍こそ人類が試されているときで、その証拠に新規のシスタさんが激増していること。つぎつぎに繰りだされる見砂の話に、わたしは相槌《あいづち》を打つのが精一杯だった。目の奥が痛くなり、喉のあたりが締めつけられて、息が苦しかった。もう電話を切ってしまいたかった。

「っていうかわたしさ、ずっと思ってることがあって」見砂は言った。

心臓が大きくどきりと鳴った。

「よしえちゃん」

「なに」

「よしえちゃんって、ほんと、すごく優しいよね、昔から……いつもわたしのことを考えてくれてたなって。いつもわたしのこと思ってくれてたよね。ずっとずっと、応援してくれた。いつも、見守ってくれてた」

見砂はうっとりしたような声で言った。

「わたし、忘れたことないからね」

見砂の真っ白な顔が目の前に現れ、わたしは瞬きもせずにそれを見た。見砂の肌はいつまでも白く、わたしは痛みを感じるほど見ひらいた目の中で、反射的に陶器のポットを思いだした。それはわたしと見砂が深夜によく行っていたファミレスの飲み放題の卓上の小さな白いポットで、表面には無数の傷がついているけれど、そこにいる誰一人としてそれを気にする者はいないし、そもそも彼らにはそれが見えない。重いのか軽いのかもわからない、中に何がどれくらい入っているのかも、冷たいのか熱いのか何もかもが不透明で、わかるのはただそれが白いということだけのポット。よしえちゃん、よしえちゃん、と繰り返す声を聞いているうちにそれが見砂のものなのかネコさんのものなのかがわからなくなり、わたしはその顔を追い払うように首を振った。

「よしえちゃん」見砂は言った。「聞いてる?」

「うん、聞いてる」

けれどそれはもう自分の声には聞こえなかった。

それどころか、さっきから降り続けていた灰色の残り滓は部屋の端から重く降り積もり、床を、本棚を椅子《いす》を、ドアを飲み込み、肩を越えてわたしの喉《のど》を締めつけようとしていた。数センチひらいた唇のあいだにもそれは流れこみ、やがてふたつの肺を満たすだろう。さっきまでどうやって息をしていたのか、どうやって見ひらいた目を閉じるのか、わたしはそれが思いだせない。

この作品は二〇二二年二月新潮社より刊行された。

春《はる》のこわいもの

新潮文庫　か－64－5

令和七年四月一日発行

著者　川《かわ》上《かみ》未《み》映《え》子《こ》

発行者　佐藤隆信

発行所　株式会社新潮社

郵便番号　一六二―八七一一
東京都新宿区矢来町七一
電話　編集部(〇三)三二六六―五四四〇
読者係(〇三)三二六六―五一一一
https://www.shinchosha.co.jp

価格はカバーに表示してあります。

乱丁・落丁本は、ご面倒ですが小社読者係宛ご送付ください。送料小社負担にてお取替えいたします。

印刷・錦明印刷株式会社　製本・錦明印刷株式会社

ISBN978-4-10-138865-6 C0193